「こんな貪欲な身体は、俺にしか満足させられねぇ。なあ、

「……そうだ、お前だけ……、他の男じゃ、満たされない…

「だったら、俺にだけ抱かれて生きろ。俺だけ求めてろ」

JN266405
Illustration／YUGI YAMADA

プラチナ文庫

夜に咲き誇る

英田サキ

"Yoru ni Saki Hokoru"
presented by Saki Aida

プランタン出版

イラスト／山田ユギ

目次

※本作品の内容はすべてフィクションです。

1

「へえ。アキちゃんは元キャリア官僚《かんりょう》か。そらまたすごい経歴やなぁ」

男のシワだらけの目元に、さらに深いシワが刻《きざ》まれる。

「いえ。もう昔の話ですから」

秋津芳人《あきつよしと》は生真面目に答え、空《から》になった男のぐい飲みに酒を注《そそ》ぎ足《た》した。

「なろう思ても簡単になれる職業ちゃう。たいしたもんや」

気さくで飄々《ひょうひょう》とした語り口を聞いていると、自分の目の前にいるのが、話し好きの善良な隠居老人のように思えてくる。

「なんでまた警察辞《や》めて、大阪に来たんや？」

「人生に挫折《ざせつ》して逃げてきました」

秋津が淡《あわ》く微笑むと、男は「はっ」と大きな声を上げ、膝《ひざ》を叩いて笑いだした。

「人生に挫折か。おもろい男やなぁ。あんたまだ三十七やろ？　人生まだまだこれからや。何回でも挫折したらええわ。そのほうが人間、味が出る」

この男にそう言われると、自分が人生のなんたるかをまるでわかっていない、世間知らずの洟垂《はなた》れ小僧のような気分になってくる。

「アキちゃん、もう一杯ついで」

「オヤジ。ちょっと飲みすぎじゃねぇのか」

蚊帳《かや》の外でひとりチビチビ飲んでいた久我《くが》仁一郎《じんいちろう》が、不機嫌そうな声で割って入った。

「なんや、仁一郎。人がええ気分で飲んでるのに、横から水差すもんとちゃうで」

男がムッとした顔で久我をにらみつける。

「医者からほどほどにしろって止められてるんだろう。今夜はこの辺でやめとけよ」

黒地にグレーのストライプ柄のダブルスーツを着た久我は迫力満点だが、今夜はいつもの覇気《はき》がまるで感じられなかった。

「ワシはアキちゃんと飲んでるんや。お前は黙ってイカでも食うとけ」

彫《ほ》りの深い男らしい顔に、苦虫を噛《か》み潰《つぶ》したような表情が浮かぶ。秋津は笑いを噛み殺し、座卓の上に置かれた徳利《とっくり》を持ち上げた。

さすがの久我も、自分の親分には強く反論できないようだ。当然と言えば当然なのかもしれないが、滅多に見られない姿が面白くて、ついつい横目で追いかけてしまう。

「アキちゃんもまた、えらい男に摑まってしもうたな」

ふて腐《くさ》れてイカを嚙んでいる久我を無視し、溝口《みぞぐち》は秋津ににこやかな顔を向けた。

短く刈り込んだ髪は見事なまでの総白髪だ。細身だが、骨格がしっかりしているせいか、和服が似合っている。

この老人こそが、清和《せいわ》会系溝口組の二代目組長、溝口義一《よしかず》その人だった。

大阪ミナミに本拠地を置く溝口組は、昔から武闘派として名を知られる組織で、激しい抗争を繰り返して勢力を拡大してきた。多数の暴力団事務所が存在する大阪ミナミ、西成《にしなり》地区の中でも、構成員や事務所の数は一番の規模を誇《ほこ》っている。

今でこそ日本最大の暴力団、清和会の傘下に収まっているが、組織としての歴史は溝口組のほうがはるかに古く、特にこの溝口義一は「任侠界《にんきょうかい》にこの男あり」と囁《ささや》かれるほどの豪傑《ごうけつ》だった。六十五歳という高齢ながら、いまだに現役組長として組織を束ねている。

「こいつは我が強いから、一緒におったら苦労するやろ。……そやけど無類の女好きの仁一郎に、まさか男のイロができるとはなぁ」

溝口の声にはわずかな慨嘆《がいたん》の色がにじんでいた。

久我は溝口組の若頭だ。若頭とは若衆のトップ、つまりは一家の長男に当たる。我が子同然の久我が男の愛人を連れてきたのだから、溝口が落胆《らくたん》するのは当然だった。

久我に「うちのオヤジを紹介する」と言われ、秋津は鶴見《つるみ》区にある溝口の自宅を訪ねた。溝口の自宅は立派な門構えをした、豪壮《ごうそう》な純日本家屋の邸宅だった。

個人秘書という立場になった以上、これからは公私に渡って久我と行動を共にすることになる。久我の親ともいえる溝口には、直接会って筋を通さないわけにはいかなかった。無視されるか罵倒《ばとう》されるか、そのどちらかだろうと予想していたが、溝口の開口一番は「ああ、あんたがアキちゃんか」という気の抜ける言葉だった。

久我がかなり以前から自分のことを話していたようで、溝口はまるで旧知の相手をもてなすかのように、秋津を愛想よく迎え入れてくれた。だがそれはあくまでも上辺だけのことだとわかっている。

「……いいぐい飲みですね。これは焼き締めですか」

徳利と揃《そろ》いになったぐい飲みを見つめ、秋津は呟《つぶや》いた。手にしっくり馴染《なじ》むサイズで、ざらっとした土の風合いと微妙な歪《ゆが》みが味わい深い。素朴《そぼく》な中にも堂々とした趣《おもむき》があり、同時に不思議な繊細《せんさい》さも併《あわ》せ持っていた。

「お。アキちゃんは焼き物に詳しいんか?」

「いえ、専門的なことは何も。ただの素人《しろうと》の感想です」

焼き締めは陶芸の技法のひとつで、特に備前焼《びぜんやき》のものが有名だ。素地に釉薬《ゆうやく》をかけず高温で焼き上げるので、土の持つ味をそのまま生かすことができる。

「いやいや、見る目があるで。この徳利とぐい飲みはワシが焼いたもんや」

溝口が得意げに自慢した。もしかして名のある陶芸家の作品かと思っていたので、これには秋津も本気で驚いた。

「五年ほど前から凝《こ》りだしてな。今は暇があったら土こねてる。……ワシもはよ悠々自適《ゆうゆうじてき》の老後を送りたいんやけど、あほんだらばっかりやから、おちおち引退もでけへんのや」

溝口はチラッと久我を見て、これみよがしの溜《た》め息《いき》をこぼした。

「ションベンしてくる」

久我はムッツリした顔で立ち上がると、足を踏みならして座敷から出ていった。

「……アキちゃん。仁一郎のことで、ちょっと言わせてもらうな」

さっきまでの親しげな笑顔を消し、溝口が真顔《まがお》で切りだしてきた。そら来た、と秋津は気を引き締めた。自分たちの関係が、手放しで認められるとは思っていない。

「ワシも若い頃は両刀で鳴らした男やから、仁一郎の男遊びに釘刺すつもりはない」

溝口は久我と秋津の関係を、一時的なものだと思っているのだろう。秋津にすれば不本意だが、目くじら立てて反論するほどのことではなかった。どれだけ真剣な気持ちでつき合っているかは、当事者だけが知っていればいいのだ。

「そやけど、ひとつだけ約束してくれへんか。これから先、仁一郎に惚《ほ》れた女ができた時は、なんも言わずに黙って身を引いてやってくれ。男のあんたではイロになれても、女房にはなられへん。わかるやろ？」

真面目な目で見られると、凄《すご》まれたわけでもないのに身が引き締まる。柔《やわ》らかな視線だけで相手を威圧《いあつ》できる迫力は、やはり常人のそれではなかった。

「ワシは二年前に女房を病気で亡くした。あいつには、長い間よう尽くしてくれたと心から感謝してる。あいつがおらんかったら、今のワシはないはずや。そやから仁一郎にも、いずれはしっかりした嫁さんを持ってもらいたいと思ってる」

「久我がもし所帯を持つことがあれば、俺は賛成します。決して邪魔したりしません」

秋津の迷いのない返答を聞き、溝口は満足そうに「そうか」と頷《うなず》いた。

「ですが、久我のそばを離れる気はありません」

すかさず言い足すと、今度は溝口の眉間《みけん》にシワが寄った。

「それはイロでのうなっても、男として仁一郎を支え続ける、そういうことか？」

察しのいい男だ。多くを語らずともあっさりと自分の本意を汲《く》み取ってくれる。

「はい。俺は自分の人生を久我に預けるつもりでいます」

生半可な気持ちで決めたことではない。真剣に悩み惑《まど》い、一度は久我から逃げだした。けれど別れることはできなかった。久我の真摯《しんし》な愛情の前に、過去に引きずられているだけの自分の苦しみなど、取るに足りないものだと思い知らされたからだ。

自分の残りの人生をこの男に与える。与えたい。与えさせて欲しい。本気でそう思ったから、嫌悪さえしていた世界に身を投じる決意を固めたのだ。

「深情けはやめとき。あれはてっぺんから爪の先まで極道や。あんたがどれだけ惚れ込んでも、自分だけの男にはでけへん。いざという時、仁一郎はあんたより自分が背負ってるもんを選ぶ。虚《むな》しいとは思わんのか？」

「思いません。俺は久我を自分のものにしたくて、一緒にいるわけではありませんから」

ただ恋愛感情を満たすだけでいいなら、仕事を辞めてまでそばにいることを選ばなかった。人生をすべて賭《か》けるようにして久我の住む世界に踏み込んだのは、愛情とは別の絆《きずな》を望んだからだ。

「そこまで仁一郎に惚れてるんやったら、もうひとことだけ言わせてもらう。――あんたはこの先、生きながら地獄を見ることになる。それでもええんか」

溝口の目は鋭かった。刀《かたな》の切っ先を喉元に突きつけられたような威圧感を覚える。それでも秋津は怯《ひる》むことなく、真っ向から溝口の視線を受け止めた。

「地獄なら、もう見てきました」

秋津はかつて東京にいて、キャリア警察官としてエリート街道を着実に進みながら、その影で羽生《はぶ》祐司《ゆうじ》というひとりのヤクザと関係を持っていた。

警察官とヤクザ。立場上、当然許される関係ではない。なのに破滅《はめつ》を予感しながらも、秋津は夜が来るたび濃密な情交に溺《おぼ》れ続けたのだ。

幸せなど感じなかった。身体が快楽を貪《むさぼ》るほど、心は虚しさと苦痛に蝕《むしば》まれていく。愛や恋といった甘い感情など存在しない関係。なのに断ち切れない。

そこに喜びはなく、あるのはただ絶望だけだった。時に相手を恨《うら》み、時に自らを責め、それでも羽生と別れられず、秋津は出口のない迷路をひとり彷徨《さまよ》っていた。

終わりは突然訪れた。五年前、羽生はある抗争事件で発砲を受け、秋津の腕の中で絶命したのだ。羽生は最後の最後になって自分の想いを吐露《とろ》して死んでいった。ひとり残された秋津は生きる屍《しかばね》のようになり、警察も辞めてしまった。本当は生きることすら、やめてしまいたかった。

どん底の状態に落ちた秋津に、友人の八奈美《やなみ》高彦《たかひこ》が手を差し伸べてくれた。高彦は大学時代の友人で、民事専門の弁護士をやっている男だった。

高彦は秋津を心配して、自分の郷里である大阪へ来いと強く誘ってくれた。秋津は逃げるように東京を離れ、高彦の父親が経営する興信所で働くようになった。

その後、四ツ橋《よつばし》にある小さな探偵事務所を任され、そこで久我と出会った。久我は八奈美と昔からの知り合いだったのだ。

秋津には初めて会う男だったが、久我は昔、羽生と同じ組織に身を置いていて、秋津のことを一方的に知っていた。久我は秋津の過去を知っていることなどおくびにも出さず、大きな態度で事務所にやって来ていた。秋津は嫌な男だと毛嫌いし、久我の顔を見るたび苛立《いらだ》ったものだ。

けれどある事件をきっかけに、ふたりの距離は一気に縮まった。依頼を受けて捜していた家出人が、秋津の目の前で拉致《らち》されたのだが、さらった相手がヤクザだったことから久我の協力を仰《あお》ぐことになった。

行動を共にするうち、久我は秋津を口説《くど》くようになってきた。最初は必死で久我の誘惑をはねのけていた秋津だったが、呆《あき》れるほどの熱心さで口説かれ、段々と憎みきれなくなった。

羽生をまだ忘れられなくてもいい。羽生を想う心ごと受け止めてやる。そんな包容力を示す大人な部分があるかと思えば、ペニスに入れた真珠を冗談で気に入らないと言ったら、本当に抜いてしまう健気《けなげ》さも持ち合わせていた。

傲慢《ごうまん》で横柄《おうへい》だが、久我は驚くほどにひたむきな男だった。不思議な魅力の前に、秋津も次第に久我を特別な存在として認めるようになっていった。

ここに至るまでいろいろなことがあったが、今となっては久我のいない人生は考えられ

なっ たのだ。

ない。自分の人生に意味を与えてくれた久我は、秋津にとって自分の命よりも大事な男になったのだ。

溝口はしばらく黙り込んでいたが、不意に笑みを浮かべた。

「そこまで言うんやったら、好きにしたらええ。あんたが仁一郎の足を引っ張らん限り、ワシには関係のないことや」

何が可笑《おか》しいのかニヤニヤ笑いながら、溝口は秋津のぐい飲みに酒を注いだ。

「あいつ、アキちゃんには相当振り回されてるみたいやな」

「そんなことはありません。俺のほうが久我には振り回されてます」

「謙遜《けんそん》せんでええ。あいつは女で苦労したことがないから、アキちゃんみたいに一筋縄ではいかん相手に入れ込んで、初めて色恋沙汰の悩みも知ったんやろ。心底惚れた相手に出会わんうちは、男は半人前や。色事も男を育てる肥《こ》やしのひとつやからな」

秋津は無言で頭を下げた。ねちねちと小言も言わず、男の愛人という厄介《やっかい》な存在をさらりと認めてくれた、溝口の潔《いさぎよ》さには脱帽するしかなかった。

一時間ほどの滞在で久我と秋津は腰を上げた。客間を出ると、久我の舎弟の宇都《うと》裕樹《ひろき》が部屋住みの若い衆たちと一緒に現れた。

「もうお帰りですか？」

「ああ。この後、他の客が来るらしい」

若い衆が玄関で秋津と久我の靴を用意している間に、裕樹は先回りして引き戸を開けて待っていた。

久我は靴を履《は》いてから、そばにいた若い衆に声をかけた。

「お前、杉原《すぎはら》言うたか？　先週から部屋住みになった奴やな」

久我は相手によって言葉を変える。ごく親しい者には生粋《きっすい》の江戸《えど》っ子のような話し方をするが、たまに例外もある。一体どういう基準で使い分けているのか、秋津にはいまひとつ理解できなかった。

「は、はいっ。そうです」

名前を呼ばれた男は、緊張した顔で頭を下げた。まだ二十歳そこそこくらいの、顔にあどけなさが残る若い男だ。

「仕事にはもう慣れたか？」

「いえ、あの、まだ失敗ばかりで……」

新人が組事務所や組長の家に住み込んで修行を積むことを、部屋住みという。住む場所と食事には困らないため、金がない若い衆には有り難いシステムだが、その反面、四六時中、兄貴分や親分に厳しく躾《しつ》けられるので、音《ね》を上げてしまう者も多いらしい。

「最初は誰かて同じじゃ。まあ、しっかり頑張れ。兄貴たちと酒でも飲んでこい」

久我は懐《ふところ》から分厚い財布を取りだすと、数枚の一万円札を杉原の手に押しつけた。杉原は恐縮して、「で、で、でもっ」とあたふたしている。

「こんなにいただけません……っ」

「杉原。有り難くいただいとけ」

裕樹の鋭いひとことに、杉原は自分がごちゃごちゃ言うと、久我の顔を潰すことになると気づいたのだろう。慌《あわ》てて「ありがとうございますっ」と頭を下げた。

「見送りはいらん。お前ら、オヤジのこと頼んだぞ」

悠然《ゆうぜん》と玄関を出る久我の背中に、若い衆たちが「お疲れさまでしたっ」と気合いの入った声を飛ばす。任侠映画そのものだな、と感心しながら秋津も外に出た。

外に出ると湿《しめ》った空気が肌に張りついてくる。九月も終わりに近づき、朝晩かなり涼しくなってきたが、まだ本格的な秋の気配はさして感じられなかった。

「秋津さん、ご苦労さまでした。お疲れになったんと違いますか？」

裕樹が傍らから話しかけてきた。裕樹はまだ二十七歳なのに、年のわりに落ち着いた雰囲気を持つ男だ。久我に男惚れしており、どんな場面でも健気なまでに尽くしているが、卑屈《ひくつ》さや陋劣《ろうれつ》さをまったく感じさせないのは、芯の通った生真面目な性格のせいだろう。

「そうでもない。溝口さんが愛想よく対応してくれたしな」

「愛想よすぎだ。あのジジイ、何がアキちゃんだ。年寄りのくせに妙な色気出しやがって」

久我が毒づくと、裕樹は不思議そうな顔で「色気？」と聞き返した。

「オヤジは若い頃、五人の愛人を囲っていて、そのうち二人は男だったそうだ。秋津のことをスケベ顔で見てやがったから、どうせ昔取った杵柄《きねづか》でも思い出していたんだろうよ」

「……お前は自分の親にまで嫉妬《しっと》するのか」

秋津は呆れ返った。久我はたまに裕樹や、もうひとりの舎弟である伊久美《いくみ》に対してもヤキモチを焼くことがあるが、ここまで来るとその独占欲の強さが気の毒に思えてくる。

「お前に色目使う相手は、たとえ親兄弟でも許さねぇ」

「お前、その調子じゃ早く老《ふ》けるぞ。今でも十分老けてるがな」

久我はまだ三十三歳だ。出会った最初の頃、秋津は自分と同じか少し年上だろうと思い込んでいた。世馴れた物腰や何事にも動じない図太さのせいか、年齢よりはるか上に見えてしまうのだ。何より言動がやたらとオヤジ臭い。

「うるせぇ。俺は老けてるんじゃなくて、貫禄《かんろく》がある——ん？」

三人が邸内の駐車場に着いた時、一台のＢＭＷがゆっくり入ってきた。

「おい、裕樹。あれは館野《たての》の車じゃねぇのか？」

「はい。そうやと思います。……隣におるんは、室部《むろべ》の叔父貴みたいですね」

ＢＭＷは秋津たちが見ている前で駐車場に停車した。まず運転席と助手席から若い男たちが出てきて、後部座席のドアを開けた。中からはふたりの男が降りてきた。

ひとりは五十代前半の、ずんぐりした体型の猪首《いくび》の男だ。もうひとりは三十代後半くらいで、久我と同じほどの背丈だから百九十はあるだろう。すらっとした体つきをしており、なかなか整った風貌《ふうぼう》をしている。

「なんや。お前も来てたんか」

一番に口を開いたのは、年配の男だった。ひどい濁声《だみごえ》だ。

「室部の叔父貴。お疲れさんです」

久我の挨拶《あいさつ》に室部という男は頷きもせず、隣にいた秋津に視線を移した。

「こいつは誰や。見たことない顔やな」

「新しく俺の秘書になった男です。これから顔を合わすこともあるかと思いますんで、ひとつよろしくお願いしときます」

言葉は丁寧《ていねい》だが、久我の声にはなんの感情もこもっていない。ただ立場が上だから、形式的に相手を立てているという感じだった。溝口にはぞんざいな喋《しゃべ》り方をしていたが、相手を敬重《けいちょう》していることが自然と伝わってきたので、比べれば対照的な態度だ。

「秘書……？　ヤクザにそんなもん必要ないやろ」

胡散臭そうな眼差しで自分を見る室部に、秋津は丁重《ていちょう》に頭を下げた。

「秋津と申します。どうぞお見知り置きのほどを」

「久我。はっきり言うたらどうなんや」

室部の隣にいた若いほうの男が、久我に向かって言い放った。

「この男はお前のイロやろう？　矢郷会《やごうかい》にさらわれたのを、お前が必死で奪い返しに行った例の相手や。ごまかさんと正直に言え」

自分の存在はすでに溝口組幹部に知れ渡っている。予想はしていたが、久我の立場を思うと気が滅入《めい》った。

今から一カ月ほど前、秋津は溝口組と敵対していた矢郷会に拉致された。久我に恨みを抱いていた、真田《さなだ》という男が仕組んだことだった。

久我は秋津が監禁《かんきん》されていた瀬戸内海《せとないかい》の離島へ、舎弟を引きつれ乗り込んで来た。そして深夜に急襲をかけ、力尽くで秋津を取り返したのだが、恐らくあの一件で秋津の存在が公《おおやけ》になったのだろう。

男の喧嘩腰《けんかごし》の言い方に、久我も剣呑《けんのん》な表情を浮かべて応じた。

「館野。その言い方は聞き捨てならんのう。俺はなにひとつごまかしてへん。秋津は確かに俺のイロや。そやけど、これから秘書として俺の仕事を手伝うことになった。オヤジにもたった今、そういうふうに紹介してきたところや。おのれに非難される覚えはない」

館野という男は、久我に凄まれてもまったく動じていない。それどころか、ますます険《けわ》しい顔で久我をにらみつけてきた。

火花を散らし合うふたりの間に割って入ったのは室部だった。

「久我。オヤジに自分の男妾《おとこめかけ》を紹介するやなんて、えらい舐《な》めた真似してくれるやないか。お前、つけ上がんのもええかげんにせえよっ」

室部の恫喝《どうかつ》にも久我はまったく怯まず、逆に小馬鹿にしたように薄笑いを浮かべた。

「そやかて、叔父貴。オヤジは秋津のこと、えらい気に入ったみたいです。今度、淡路《あわじ》の別荘にも遊びに来いいて、笑顔で誘てくれましたわ」

室部はギリギリと歯嚙みして、「もうええっ」と吐き捨てた。

「お前みたいな恥知らず、そのうちえらい目に遭うで。——お前もや」

秋津に目を向け、室部は忌々《いまいま》しそうに言葉を続けた。

「オカマの分際で、こんな場所にまでのこのこついて来やがって、分をわきまえらんか。このドアホウっ。ああ、胸くそ悪い。秀二《しゅうじ》、行くぞ」

館野はすれ違い様、秋津に冷たい一瞥《いちべつ》をくれ、室部の後について玄関のほうへと去っていった。

自分は何を言われてもいい。しかし自分のせいで久我まで非難されるのは心苦しい。そんな気持ちが表情に出ていたのか、久我にポンと背中を叩かれた。

「気にすんなよ。あいつらとは前からソリが合わねぇんだ」

裕樹が「どうぞ」とベンツの後部座席のドアを開ける。

「乗れ。帰るぞ」

車が走りだしてから、久我がさっきのふたりについて説明してくれた。

「小太りの男は室部といって溝口組の舎弟頭だ。自身は室部組の組長でもある。若いほうは室部が一番に可愛がってる、若頭補佐の館野秀二。いつも偉《えら》そうでむかつく男だ。何かと俺に突っかかってきやがる」

舎弟頭とは文字通り、組長の弟分を代表する役職だ。基本的に組織の後継者にはなり得ない存在だが、立場的には組長の次に位置し、組織内で強い発言権を持つ。大きな組織になると、それぞれ自分の組を持っていることも多い。久我たち子分から見ると組長の舎弟は叔父に当たるので、当然立てなければならない相手だ。

「館野さんは何歳だ？」

「三十八だ。二十歳で溝口組に入ったそうだから、子分の中じゃ結構な古株だな」

秋津は唖然《あぜん》として久我の横顔を眺めた。

「じゃあ、お前の兄貴分じゃないか。偉そうで当然だろう？」

「別にあいつと兄弟盃《さかずき》は交わしてねぇぞ。それに役職でいえば俺のほうが上だ」

久我がふんぞり返って言い切る。秋津は「この男は……」とこっそり溜め息をついた。

たとえ役職が上でも、先に組長と親子の縁《えん》を結んだ相手は兄貴分だ。この場合、久我のほうが一歩引いて館野に接するのが普通ではないのか。

しかし後から組織に入った久我が若頭に選ばれたということは、それだけ久我は溝口に認められているということでもある。館野にすれば生意気な弟分に先を越され、さぞや悔《くや》しい思いを味わっているのだろう。

「辛気《しんき》くさい話はしまいだ。それより、秋津。いつになったらうちに越してくるんだ？」

いつ越してくるんだ。それが久我の最近の口癖だった。秋津がとうとう一緒に住むことを承諾したので、気になって仕方がないらしい。

あまり焦《じ》らすのも可哀想《かわいそう》だと思い、秋津は重い腰を上げることにした。

「荷物はたいした量じゃないから、明日にでも宅配業者に頼んで――」

「裕樹。明日、若いのを連れて、秋津の家に行け。軽トラ一台ありゃあ十分だろ」

裕樹は素直に「わかりました」と頷いたが、秋津は即座に反対した。

「いい。自分のことは自分でやる」

「遠慮すんな。お前は俺のイロなんだから、俺の舎弟を好きに使っていいんだよ」

久我は単純に言うが、そういうわけにはいかなかった。

今後、久我の家で暮らすようになれば、ますます公私の境目が薄くなっていく。久我は自分の舎弟だから気兼ねはないだろうが、舎弟のほうからすれば自分の兄貴分には尽くせても、その愛人の世話までさせられてはたまったものではない。

「久我。俺はお前に頼ることはあっても、お前の舎弟にまで面倒を見てもらう気はない」

「んなこたぁ、別にどうだっていいだろうが」

面倒そうに久我はぼやいたが、秋津は譲らなかった。線引きはどこかできっちりしておかないと、トラブルの種になりかねない。

「引っ越しといっても家具なんかは全部処分するんだ。お前の家に持っていく荷物は多くない。俺ひとりでやれるから放っておいてくれ」

秋津の強情に、久我のほうが折れた。

「わかったよ。好きにしろ。その代わり、明日には絶対に越して来いよ。来なけりゃ、俺が勝手に荷物を運び出す」

2

翌日、衣類を段ボール箱に詰めていると、裕樹と伊久美がやって来た。玄関のドアを開けた秋津は、ふたりの姿を見てポカンとしてしまった。

「……その格好はなんだ？」

ふたりともなぜか作業着を着ていたのだ。裕樹はそれほどでもないが、伊久美はいつもスーツでビシッと決めているので強い違和感がある。しかも髪だけは普段と同じように、オールバックにきっちりと撫《な》でつけているのでなおさらだった。

「引っ越し作業、手伝わせてください」

伊久美が玄関先で頭を下げた。裕樹も右に同じの姿勢だ。

「久我の差し金ですか？　俺ははっきり断ったはずです」

「仁さんの命令と違います。俺らが勝手に来ただけです」

伊久美は上目遣いに秋津をジッとにらんだ。他意がないことはわかっている。単に目つきが悪いのだ。

伊久美柳司《りゅうじ》は久我に深く信頼されている男だ。正確な年齢は知らないが、三十代前半くらいだろうか。非常に頭のいい男で、必要な時は如才《じょさい》ない喋りをするくせに、無駄口はいっさい叩かない。久我からデータバンクと呼ばれるほどの情報通でもあった。

「伊久美さん。これから先、仕事の面では手助けを求めることもあるでしょう。でもプライベートな部分でまで、久我の舎弟であるあなたたちに甘える気はありません」

これまで秋津にとって、久我は私的な存在でしかなかった。だからそれほど気にせず、伊久美や裕樹の手を借りることもあった。しかし今後は同じ気構えではいられない。

「久我が言ったことを真に受けているなら、あれは忘れてください」

これからは俺に尽くすように秋津にも尽くせ。久我はこのふたりにそう言ったのだ。

「俺と裕樹は、仁さんの舎弟として来たんと違います。秋津さんの知人としてお手伝いがしたい、そう思って馳《は》せ参じました。どうか俺らを使ってください」

礼儀正しいというより、伊久美の態度は仰々《ぎょうぎょう》しい。秋津は困り果てて溜め息をついた。

ふたりが引き下がらないことはわかっていた。ここで押し問答をしても時間の無駄だ。

「わかりました。じゃあ、今回だけはお願いします」

「ありがとうございます。……裕樹、始めるぞ」

「はい」

ふたりはさっそく、靴を脱いで部屋に上がり込んだ。伊久美は秋津の指示を仰ぎながら、小柄な体をてきぱきと動かし荷物を梱包していく。裕樹も負けじと不要品をまとめ始めた。途中、頼んでおいたリサイクル業者がやって来て、不要な家財道具はすべて運び出してくれた。久我のところに持っていくのは衣類や本くらいなので、身軽なものだ。

裕樹が運転してきた軽トラックに荷物を積んだ後、三人で手分けして掃除をした。物がなくなった部屋は、やけに広く感じられる。

秋津はがらんとした光景を眺め、五年もここで暮らしたんだな、と感慨深《かんがいぶか》く思った。

八奈美の紹介で借りた部屋だった。住む場所と仕事、その両方を与えてくれた八奈美には、今でも心から感謝している。

先週、近いうちに引っ越すかもしれないと電話をかけると、八奈美は心配そうに「行き先は？」と尋ねてきた。

さすがに久我と同居するとは言えなくて、市内だと濁《にご》して答えると、八奈美は「なんや、それやったら安心やな」と安堵《あんど》したように笑い、それ以上のことは追及してこなかった。

今年の二月、秋津は久我との関係に行き詰まり、探偵事務所を辞めたいと八奈美に申し出た。どうしてもしばらく大阪を離れたいのだと説明すると、八奈美は自分勝手な秋津を責めることなく了承してくれた。

両親を亡くしている秋津にとって、八奈美は父親のような存在だった。余計な干渉《かんしょう》はしないが、常に自分のことを気にかけてくれる。息子の高彦も同じだ。高彦は口うるさいことは言うが、最後にはいつも自分の気持ちを尊重してくれるのだ。

八奈美親子には、あらためて礼を言いたい気分だった。ずっとひとりで生きてきたように思っていたが、実際は人に助けられ、人に生かされていた。今もそうだ。立ち止まって自分のいる場所を見渡した時、周囲には必ず誰かがいる。

秋津は手を止め、黙々と掃除をしている伊久美と裕樹の姿を見つめた。ふたりは久我に命令されたわけでもなく、自分の意思でここに来てくれたのだ。その気持ちには、素直に感謝しなくてはいけない。

思い返すと今日だけではなく、このふたりは何度も自分の力になってくれた。それが久我のためであったとしても、事実は事実として変わりない。

掃除が終わると、秋津は部屋の真ん中で床に正座して、ふたりの名前を呼んだ。

「……伊久美さん。裕樹。今日はありがとうございました。おかげで助かりました」

ふたりは慌てて駆け寄ってきて、秋津の目の前で膝を折った。

「秋津さん、そんな真似はせんといてください」

「そうです。俺ら、勝手に来ただけで――」

「これからは俺も久我のために働きます。ですが久我の住む世界のことは何もわからない男です。至らない部分があれば、どうか遠慮なく指摘してください。素人の俺には先達《せんだつ》のふたりの力添えが必要です。どうかよろしくお願いします」

秋津が深く頭を下げると、伊久美と裕樹はただ絶句していた。

「……秋津さん。頭、上げてください」

伊久美の声に秋津は顔を上げた。

「俺らこそ、秋津さんには礼を言わなあきません。堅気《かたぎ》のお方が極道の世界に飛び込んでくるのは、並大抵の気持ちでできることと違います。仁さんのために決心してくださった秋津さんの英断に、舎弟として心からお礼申し上げます」

『秋津さんみたいな方がそばについて、仁さんにいろいろアドバイスしてくれたら安心なんですけど』

伊久美に言われた言葉だ。久我の強硬すぎる部分を以前から懸念《けねん》していた伊久美は、秋津にその緩和剤《かんわざい》としての役目を望んでいたのだ。あの時は、自分などでは久我のパートナーにはなれないと思っていた。

だがよくよく考え、ただ身体を重ねて夜だけ求め合う関係では駄目だと気づき、秋津は公私共に久我を支えたいと望んだのだ。

「どうか今後とも、仁さんのことをよろしくお願いいたします」

今度は伊久美と裕樹が深く頭を下げた。秋津はふたりの男の真摯な気持ちを受け止め、小さく頷いた。

「……それと、秋津さん。個人的にひとつだけお願いがあります」

伊久美が正座したまま、一歩前に出た。あまりにも真剣な表情に何事かと身構える。

「なんですか?」

「それ、やめてもらえませんか?」

「え?」

「言葉です。なんで俺にだけ丁寧語を使いはるんですか? 裕樹にはタメ口やのに」

伊久美の迫力ある三白眼《さんぱくがん》に、秋津は思わずたじろいだ。

「なんでと言われても……。伊久美さんには、最初からこう話してましたし……」

「特に理由はないんですね?」

「まあ、そうですけど」

「それやったら、今日から俺に丁寧語はやめてください。了解してもらえますか?」

伊久美がさらに一歩迫ってくる。丁寧語かタメ口かが、それほど重要な問題なのだろうか?

「秋津さん、どうなんですか?」

伊久美の真剣さに押され、秋津は「はい」と頷いた。

「わかりました。そうします」

「違います。わかった、そうする、です」

即座に切り返され、秋津は仕方なく伊久美の望むように言い直した。

「わかった。そうする」

伊久美は満足げな笑みを浮かべた。それは初めて見た、伊久美の笑顔だった。


「やっと来たか。待ちくたびれたぞ」

夜になって帰宅した久我は、見るからにご満悦だった。

「食事は済ませてきたのか？　腹が減っているなら何か用意するが」

秋津が尋ねると久我はデレッと相好《そうごう》を崩《くず》し、「いいなぁ」と首を振った。

「お前に『あなたお風呂にする？　食事が先？　それともワ・タ・シ？』なんて言われると、最高の幸せを感じるぜ」

「そこまで言ってない。食うのか食わないのか、どっちなんだ」

秋津と一緒に住むのは、久我のかねてからの念願だった。浮かれる気持ちはわからないではないが、あまり締まりのない顔は見たくない。

「メシは食ってきたからいい。……秋津、先に言っておくがな、俺に気をつかわなくていいぞ。一緒に住んでるからって、お前に家事なんかさせるつもりはねぇ」

久我は真面目な顔つきだった。そっちこそ気をつかうな、と言ってやりたかったが、秋津は素《そ》っ気《け》なく「当たり前だ」と答えた。

「俺はお前の嫁さんじゃないんだ。メシなんて、自分の気が向いた時にしかつくってやらないよ」

久我はニヤッと笑い、「いい心がけだ」と頷いた。久我が浴室に消えると、秋津は「家事ねぇ」と独り言をこぼし、広いリビングを見渡した。

普段は裕樹や若い舎弟が毎日やってきて掃除しているらしく、フローリングにはホコリひとつ落ちていなかった。どこもかしこも手入れが行き届いている。

きれいなのは素晴らしいことだが、常に他人が家の中に出入りする環境はあまり好きではない。家事はしないと言ったが、掃除と洗濯くらいは自分がしようと心に決めた。

しばらくして久我がバスローブ姿で戻ってきた。

「ビールでも飲むか?」

「ああ、いいな。お前も一緒に飲めよ」

ソファに並んで腰を下ろし、よく冷えた瓶《びん》ビールを注いでやる。久我は半分ほど一気に飲み干し、満足そうに大きな息をついた。

「風呂上がりの一杯は最高だな」

久我の幸せそうな顔を、秋津は微笑んで見つめた。気づいた久我が眉根《まゆね》を寄せる。

「なんだ？　何笑ってんだ」

「いや。たかがビール一杯でそこまで嬉しそうな顔をする男も、なかなかいないんじゃないかと思ってな」

「安上がりでいいじゃねぇか。俺は家に帰ってきて、こうやって風呂上がりの一杯を飲めた時、ああ、今日も無事に一日が終わったなぁって、心から感謝するんだ」

「何に感謝するんだ？」

「自分の運の強さにだ」

よくわからない理屈だが、危険な世界で生きている男ならではの、毎日の儀式みたいなものなのかもしれない。

煙草《たばこ》を吸いながら、久我が「ああ、そうだ」と秋津を振り返った。

「玄関に荷物を忘れてきた。悪いが取ってきてくれねぇか」

秋津は二つ返事で玄関に向かった。シューズクロークの棚に、小さな手提げ袋がポツンと置かれている。PP加工されたしっかりとした紙袋で、高級店で買った高価な商品でも入っていそうな雰囲気だ。

「これでいいんだろう」

リビングに戻って久我に差し出すと、なぜか首を振られた。

「違ったのか?」

「いや、あってる。それはお前へのプレゼントだ。開けみろ」

随分ともったいつけたことをする。秋津は苦笑しながら手提げ袋を開け、中身を取りだした。サテンのリボンが巻かれた、小さな立方体の包みが出てきた。

「何が入っているんだ?」

「開けてからのお楽しみだ」

久我はビールを飲みつつニヤニヤしている。なんとなく気持ちの悪い態度だ。

秋津はリボンを取り、外箱を開けた。中から出てきたのは、木製の青い箱だった。一瞬、オルゴールかと思ったが、それにしては軽すぎる。

上蓋《うわぶた》をそっと開き、秋津は息を呑んだ。

「久我。これは……」

そこにあるのはプラチナの指輪だった。

「受け取ってくれるか？」

秋津はケースから指輪を抜き取り、手に持ってまじまじと眺めた。

縁取りにかすかに飾りはついているが、シンプルな平打ちで品のいいデザインだ。繊細すぎず重厚すぎず、ほどよい存在感がある。

しかし、ある部分だけが引っかかった。

「裏に刻印が入ってる」

「ああ。急いで入れさせたんだ」

今日の日付の隣に『J to Y』の文字。いうまでもなく、『仁一郎から芳人』へを意味している。もしかしなくても、マリッジリングというやつだろうか。

刻印にはまだ続きがあった。

「この『FOREVER LOVE』って文字はなんだ」

「ふたりの愛は永遠に。そういう願いを込めて彫らせた」

ふたりの愛は永遠に……？

あまりにも真顔で言うものだから、秋津は我慢できず吹きだしてしまった。

「お前な……っ。こんな言葉まで入れてもらって、よく恥ずかしくなかったな」

「笑うな、秋津。俺は真剣なんだ」

いつもなら怒る場面なのに、久我はあくまでも真剣だった。

「そ、そうか」

秋津は顔を引きつらせながら姿勢を正した。茶化せない雰囲気を押し出されては、こちらも真面目になるしかない。

「もう一度、聞く。この指輪を受け取ってくれるか?」

「……久我。たかが指輪に、そんな真剣にならなくても——」

「なる。俺はお前に心底惚れてるんだ。けど、俺たちは男同士だから結婚はできない。お前に確かな約束事を与えてやることができないんだ」

「俺は約束事なんて望んでいない」

「わかってる。だけどな、俺は自己満足でもお前に約束しておきてぇんだよ。……俺たちは世間で言うところの夫婦にはなれない。でも気持ちの上では、今日から他人じゃなくなる。連れ合いになるんだ。一緒に住むってのは、そういうことだろう?」

秋津は言葉もなく、久我の真摯な眼差しを見つめた。

久我がこの同居に、そこまでの意味を感じているとは思わなかった。真剣な気持ちでいることはわかっていたが、まさか結婚するほど重要な問題だと考えているとは——。

「今日から俺は、お前の人生に対して責任を持つ。これから先、何があろうとお前を守っていく。もしお前が病気になったら俺が看病するし、それと、こんなことはあんまり言いたかないが、もし万が一、お前が先に死ぬことがあったら、お前の葬儀は俺が挙げる」

「久我……」

この男はどこまで自分を驚かせれば気が済むのだろう。いつもいつも秋津の予想をはるかに上回る、大きな愛情を投げつけてくる。

『俺が羽生を撃った。この手であいつを殺した』

今年の頭に、秋津は久我の口から衝撃の真実を突きつけられた。ことの起こりは、真田との出会いだった。かつて羽生や久我と同じ組織に属していた真田は、秋津のもとを訪れて、羽生を殺したのは久我だと告げたのだ。

もしそれが事実なら、久我は自分が殺した男の愛人を、何食わぬ顔でのうのうと抱いていたことになる。

あり得ない。久我が羽生を殺したなんて――。

そんな馬鹿げた話を信じられるはずがなかった。秋津は久我の部屋を訪ね、ただちに真相を問い質《ただ》した。

きっと笑って否定してくれる。そう思っていたのに、久我は事実を認めた。上から命令された、組織を裏切った羽生を自分が撃ち殺したと、はっきりと答えた。

秋津はショックのあまり、久我と距離を置くために探偵の仕事を辞めて大阪を離れた。半年が過ぎ、焦れた久我が迎えに来たが、秋津はまだ答えを出せずにいた。

久我を許せないという気持ちもあったが、実際は羽生を殺した相手を愛している、自分自身の心が一番に許せなかったのだ。

迷う秋津に再び真田が接触してきた。真田には、羽生を殺した久我に復讐するという目的があったのだ。

真田は溝口組と敵対していた矢郷会と共謀《きょうぼう》して秋津を拉致し、久我を窮地《きゅうち》に追い込もうとした。愛人の秋津をさらえば、久我は言いなりになる。そう考えたのだ。

真田に大量のヘロインを投与されたせいで、久我に救出された時、秋津はすでにひどい中毒症状に陥《おちい》っていた。久我は禁断症状に苦しむ秋津を他人に任せず、つきっきりで看病し始めた。

秋津にとって地獄のような数日間だったが、常軌《じょうき》を逸《いっ》して言葉も通じない相手を根気強く励《はげ》まし、最後まで献身的に面倒を見続けた久我のほうが、何倍も苦しかったはずだ。

そんな久我の深い愛情を目の当たりにして、秋津は過去に捕らわれていた自分とやっと決別することができたのだ。

羽生を愛してやれなかった自分。羽生を殺した久我。羽生を殺した男を愛する自分。そのすべてを赦すことで、心の中に呑み込んで生きていこうと思った。

羽生には肉体しか与えてやれなかった。身体だけ求められているのだと思い込み、愛情を示してやることができなかったのだ。だが羽生を失って、後になってから悔やんだ。ちゃんと愛してやればよかったと自分を責めた。

久我には愛情を返しているつもりでいたが、それもしょせんは都合のいい関係でしかなかった。割りきった大人のつき合い。夜だけ愛し合う気楽な関係。

これくらいの距離感がちょうどいいと考えていたが、それも逃げでしかなかった。自分の狡《ずる》さに気づいたから、秋津は決心したのだ。

情人として都合のいい時だけ相手を求めるのではなく、久我の存在を、その生き方すべてを受け止め、一緒に歩いていきたい。

久我の気持ちに同じだけのものを返したい。だからきれいごとではすまない世界に、自分も飛び込んでいく。泥も飲む。汚濁《おだく》にも身を浸す。秋津なりの精一杯の答えだった。

「お前は俺にすべてを預けてくれた。だから俺はお前のすべてに責任を持つ。——秋津。この指輪を受け取ってくれ」

何も言わないでいると、久我は秋津の左手を持ち上げた。そして右手から奪った指輪を左手の薬指にあてがい、「いいな?」と最後の確認をしてきた。

胸が詰まってしまい、秋津は頷くだけで精一杯だった。

もう覚悟はできている。だが、あらためて互いの気持ちを確認し合い、そして厳《おご》かに未来を誓い合うこの一瞬は、今から新しい生活を始めるふたりにとって、大切なものなのだ。

久我がそっと指輪を指に差し込んだ。サイズはぴったりだ。

「よく似合う」

包み込むような久我の優しい微笑みに、たまらなくなった。秋津は両腕を久我の首に回し、きつく抱きついた。

「久我……。ありがとう」

「俺の気持ち、わかってくれたか?」

身体をそっと離し、吐息が触れ合う距離で見つめ合う。

「ああ。よくわかった」

「だったら、キスのご褒美《ほうび》くらいくれてもいいだろう」

秋津の頬《ほお》を撫でながら、久我が目を細めて催促《さいそく》してくる。

「指輪の後には誓いのキスってのが世間の決まりだぞ」

秋津は小さく笑い、久我の頭を引き寄せた。唇でそっと触れ合い、優しく舌を絡《から》め合う。

to Y
FOREVER LOV

激しくはないが、今までしてきたキスの中で、最高に甘い口づけだった。

「……不思議だよな。俺とお前がこうして一緒に住むようになるなんて」

久我が秋津の身体を抱き締めながら、感慨深そうに言った。

「五年前、羽生に抱かれてるお前を見た時は、まさかこんなことになるなんて思いもしなかった。男のくせに、なんて色気のある野郎だって驚きはしたが」

久我が秋津を初めて見たのは、羽生の部屋だった。秋津はまったく知らなかったが、たまたま羽生の部屋に行った時、隣の部屋に酔い潰れた久我がいたのだ。そうとは知らず、秋津は羽生に抱かれた。ふたりの濃厚な情事に当てられた久我は、つい興奮を募《つの》らせてしまい、自分でこっそり抜いたらしい。

初めて聞いた時は言いようのない羞恥《しゅうち》に見舞われ、久我に見せつけるために自分を抱いた羽生を恨んだものだが、今となってはその出来事に感謝したい気分だった。久我は反発しながらも、羽生に一目置いていた。男として認めていたのだ。そんな羽生にとって唯一、特別な存在であった秋津は、久我の中に鮮烈な印象を残したのだろう。

「大阪でお前と再会した時は運命を感じた」

「俺は何も感じなかったけど。傲慢でえらそうで、なんて嫌な奴だって思っただけだ」

「そんなに嫌ってた男と今こうやって一緒にいるんだ。運命以外の何ものでもないだろう」

久我は何がなんでも運命のせいにしたいらしい。秋津は笑って久我の首筋に自分の頬をすり寄せた。

「じゃあ、運命ってことにしておこう」

確かに縁というのは奇妙なものだ。人の意志とは関係のないところで、あらかじめ出会いや別れが、その場所場所で用意されているような気がしないでもない。

だが出会いを生かすのも殺すのも、当人同士の努力にかかっている。今ふたりがこうしていられるのは、すべて久我の頑張りがあったからだ。

秋津はまだ何ひとつ努力していない。ただ久我から求められ、与えられてきた。いつ別れがやって来てもいいよう、自分から積極的に久我を愛してこなかったのだ。

けれど、これからは違う。久我の愛情の上に胡座《あぐら》をかいていてはいけない。

久我が秋津の指を眺め、不意にニンマリ笑った。

「これでもう浮気もできねぇな」

浮気という言葉に引っかかるものを覚えた。

「お前の指輪は？」

「俺の？　なんのことだ？」

「結婚指輪って普通はペアで買うものだろう。なんで俺だけなんだ？」

別に久我と揃いの指輪がしたいわけではないが、なんだか腑《ふ》に落ちなかった。

「い、いいじゃねぇか。これは俺のお前への気持ちなんだから。俺には指輪なんて必要ないんだよ」

狼狽《うろた》えて答える姿に、秋津は怪《あや》しいと思った。

「まさか結婚指輪をしていたら、女にもてなくなるとか思ってるんじゃないのか？」

ギクリとした表情で久我が目をそらした。

「そうなんだな？」

「馬鹿言うな。何変な勘ぐりしてやがるんだ」

「絶対にそうだ。俺には浮気防止に指輪をはめさせて、自分は浮気できるように指輪はなし。お前、最低だぞ」

秋津が指輪を引き抜こうとしたら、久我は慌てて押さえつけてきた。

「わかった！　俺も揃いの指輪を買ってくるっ。買って指にはめる。約束する。だからそれは外すな。つけた途端に外すなんて、縁起《えんぎ》でもねぇだろうが」

「絶対に買ってこいよ。でないと、この指輪は一生ケースに入ったままだ」

秋津がビシッと言い切ると、久我は無言で何度も頷いた。

ドレッシングルームで髪を拭《ふ》いていると、久我がやって来た。

「長い風呂だな。待ちくたびれたぞ」

「すぐ行くから、ベッドで大人しく待ってろ」

鏡越しにそう答えたが久我は待ちきれないらしく、後ろから秋津の腰に腕を回してきた。バスローブの裾《すそ》を割って手を差し込み、いやらしく腿《もも》を撫でてくる。

「こんなところで盛《さか》るな」

秋津が手を摑むと久我はフンと鼻を鳴らし、首筋に嚙みついた。

「今夜は言ってみれば、新婚初夜だぞ。俺のしたいようにさせろ」

「いつもやりたい放題のくせに、よく言うよ」

「けど、ここではまだやってねぇ。初めての場所は新鮮でいいだろう？」

本気で言っているらしく、久我の手は止まらない。うなじにキスしながら腿から腰骨を撫で、秋津のペニスまで握り込んできた。柔らかなそれは、久我の優しい愛撫《あいぶ》を受け、次第に硬度を増してくる。

「ほら。お前だってその気になってきた」

「なるさ。誰も嫌だなんて言ってない。……立ったままでやるのもいいかもな」

うっすら笑うと、久我は「この好き者め」と壁に秋津の背中を押しつけた。噛みつくような荒々しいキスで唇を奪いながら、秋津のバスローブのヒモを解《と》いてくる。前を開くと久我は胸元に顔を埋め、小さな尖《とが》りを犬のようにざらりと舐め上げた。

「……右の乳首のほうが、少しだけ大きいよな」

秋津の右乳首を軽く噛んだり指で摘《つま》んだりしながら、久我が興味深そうに呟いた。

「最初の頃は差がなかったように思うんだが。俺の記憶違いか？」

「何ぼけてるんだ。お前がそっちばかり弄《いじ》るからだろ」

「俺のせいなのか？」

驚いた顔で久我が聞き返した。

「お前以外の誰が俺の胸なんか触るんだ」

久我が「そうか。俺のせいか」と嬉しげに目を細める。

「そうだよ。お前の責任だ」

秋津は軽く息を乱して、空《あ》いた左の乳首をまさぐった。見せつけるように指でキュッとつまみ上げ、勃起《ぼっき》したところを指の腹でやんわりと撫でる。それだけではもの足りなくなって、久我の頭を引き寄せて囁いた。

「……左の乳首も舐めてくれ」

「ああ。いくらでも舐めてやるよ」

久我の熱い舌が器用に動き、わずかに小さいほうの乳首をねっとりと転がしていく。甘い疼《うず》きが湧《わ》いてきて、たまらなくなった。

「そんなんじゃ、もの足りない……」

胸をそらしてさらなる愛撫をねだった。久我が嬉々として敏感《びんかん》になった粒に歯を立てる。痺れるような快感に、秋津は「ん」と息を呑んだ。

「いい。すごく感じる……」

「こっちは弄らなくていいのか?」

久我の手が下肢の高ぶりを摑んだ。リズミカルに扱《しご》かれると、下からも淫蕩《いんとう》な欲望が湧いてくる。秋津は甘い息をつきながら、壁に頭を擦《こす》りつけた。

「あ、ん……、久我、もっと……」

「どっちがいいんだ? はっきり言わないとわからねぇぞ」

「乳首もペニスも、どっちも気持ちいい……。お前が触って、よくない場所なんてない」

「お前って奴は、男を喜ばせるのが本当に上手いよな」

久我の唇が胸から腰、そしてさらに下へと落ちていく。秋津の前で跪《ひざまず》く体勢を取ると、久我は張り詰めた雄をペロッと舐めた。

「こっちもたっぷり可愛がってやるよ」

宣言通り、久我のフェラチオは濃厚で激しかった。竿《さお》だけでは飽き足らないのか、下のふくらみまで口に含まれる。秋津は身悶《みもだ》えしながら久我の髪をかき乱した。

「もう出る……。久我……。お前の中に、出したい……。いいか……?」

久我はいっこうに行為を止めようとしない。それが答えだと知り、秋津は仰《の》け反《ぞ》りながら目を閉じた。

「あ、久我……っ、達《い》く、ん……っ」

沸点に達した欲望が、熱い白濁となって久我の口の中に解き放たれる。秋津は身体を硬直させ、深い快楽を貪欲《どんよく》に味わった。

久我は秋津の残滓《ざんし》をすべて呑み込むと、満足げな息をついた。

「よかったか?」

「ああ。……今度は俺がお前を可愛がる番だ。この固いものを俺にしゃぶらせてくれ」

立ち上がった久我の股間をやんわりと撫で、秋津は身体を反転させた。

「その体勢でどうやってしゃぶるんだ?」

秋津の願いを知っているくせに、わざとからかってくる。

「ごちゃごちゃ言ってないで早く挿《い》れろ」

秋津は半端に脱げたバスローブを床に落とし、全裸になって久我を誘った。

「お前の後ろ姿ってエロいよな。すげぇそそられる」

久我は洗面台のミラーキャビネットを開けると、中からローションを取りだした。すぐに濡《ぬ》れた指が窄《すぼ》まりを愛撫し始める。ヌルヌルと入り口を撫でられると、秋津の腰は自然と揺れ動いた。

「焦らすな……」

文句を言うと、久我が「いいじゃねぇか」と笑った。

「そっと触るだけでお前のここ、物欲しそうにひくつくんだ。いやらしすぎて、たまらねぇ眺めだ」

やっと指が入ってきた。二本の長い指が秋津の感じる場所を抉ってくる。濡れた音が響くほどに、秋津の内部も熱を帯びてきた。

「とろけそうなほど柔らけぇのに、痛いほどの力で俺の指に食いついてきやがる。いやらしい身体だ」

指で秋津を責め立てながら、久我も興奮しているようだった。息が荒くなっている。

「挿れるぞ。いいか？」

頷いていっそう腰を突き出すと、久我の雄が濡れた窄まりにあてがわれた。

秋津の潤《うる》んだ後孔に、たくましいペニスがめり込んだ。狭《せま》い内壁を押し広げながら、長大なものが深い場所へと侵入してくる。

内部を擦り上げられる感覚に、全身が震え肌は粟立った。

「痛くねぇか？」

最奥まで貫《つらぬ》き、久我が耳元で囁いた。秋津は返事をする代わりに、腰を前後に揺らして強い抽挿《ちゅうそう》を催促した。

久我が薄く笑い、「わかったよ」と秋津の腰を摑む。容赦《ようしゃ》ない動きで、久我が激しく突き上げてきた。肉のぶつかる音に、ふたり分の荒い息が混ざり込む。濃密な空気に包まれ、秋津の頭はのぼせるように霞《かす》んできた。

「いい、すごく、いい……。もっと、強くしてくれ……」

荒々しい結合が好きだ。何も考えられないほど久我に責められていると、自分がただの獣《けもの》のように思えてくる。理性や良識をかなぐり捨て、ただ求めるだけの貪欲な獣。

久我と抱き合う時、自分が生きていることを思考ではなく感覚で実感できる。身体に刻み込まれる快感や痛みが、リアルな『生』を教えてくれるのだ。

胸の奥には脈打つ心臓があって、身体中には熱い血が流れている。自分が意識しなくても、この肉体は生きるための活動を絶え間なく繰り返している。

久我に抱かれるたび生きていることに喜びを感じ、生かされている自分を見出すことができる。今、ここにふたつ命があるから、様々な感覚と感情が交錯《こうさく》して、こんなにも自分を激しく揺さぶってくるのだ。

「……仁、もう、駄目だ……あ……――」

絶頂の瞬間が秋津をさらっていく。生きながら、息絶える一瞬の恍惚《こうこつ》。

「達けよ。俺も出す。お前の中に、全部出してやる……」

荒々しい抽挿の果てに、久我の雄が一番深い場所で動きを止めた。快感を味わっている久我の呻《うめ》き声が、秋津のオーガズムをさらに深いものにする。

秋津は快楽の奔流《ほんりゅう》に呑み込まれながら、声もなく身体を震わせ続けた。


「俺の乳首もサイズ違いにする気か？」

ベッドに寝そべった久我が、愛《いと》おしげに秋津の頭を撫でる。

「……それもいいな」

笑って答え、秋津は久我の乳首を舌先で悪戯《いたずら》するようにチロチロと舐めた。

情事の後、ふたりで軽くシャワーを浴びて、今度はベッドの上でじゃれ合った。本格的なセックスではなく、互いの身体を軽く愛撫する程度の行為だ。動物同士がのんびりグルーミングするような雰囲気に似ている。

「もういい。どうせなら、こっちをでかくしてくれ」

久我が勃起した自分の雄を指さした。触らなくても、もう十分大きくなっている。

「乳首、感じないか?」

「くすぐってぇだけだ」

「慣れれば、段々と感じるようになるのに」

大抵の男は性器で感じる快感と射精の絶頂感しか知らない。男の身体にも性感帯は無数にあるのに、未開発のままでいるのはもったいない話だ。

久我のペニスを唇でゆっくり味わいながら、秋津は試《ため》しに会陰《えいん》のあたりを指で刺激した。陰嚢《いんのう》から肛門の間、俗に蟻《あり》の門渡《とわた》りといわれる場所だ。感じやすい部分なので、久我も満更ではなさそうに目を細めている。

だがさらに奥に進んでアナルに指を這《は》わすと、「こら」と手を掴まれてしまった。

「そんなとこまで触んなよ」

「ケチケチするな。女にさせたことはないのか？」

「ねぇよ。……なんだ、その不満顔は？」

秋津は久我の膝に跨《また》がって、「不満だよ」と呟いた。

「気持ちよくしてやろうとしてもそこは駄目、あそこも駄目。保守的な男は面白みがない」

久我がムッとした顔で、「てめぇな」と言い返した。

「俺のケツの穴、そんなに弄りてぇのか？　俺がお前の指で感じて、アンアンよがってたら不気味だろうが」

「そうか？　感じてるお前の顔は最高にセクシーなのに」

久我は眉根を寄せ、考え込むように口を閉ざした。秋津がつまらなさそうに久我のペニスを指で撫でていると、「もしかして」と深刻な声が聞こえた。

「お前は俺に突っ込みたいのか？」

話が飛躍《ひやく》しすぎだ。誰もそこまでは言ってない。

「挿れたいと言ったら、させてくれるのか？」

また久我が黙り込んだ。真剣に悩んでいるのかと思うと可笑しくなって、秋津は悪のりしてしまった。

「俺だってたまにはしてみたい。優しくするぞ？　俺は上手いからな」

「お前がテクニシャンなのは知ってるが……。けどな……。む……」

本気で自分が受け身になる場面を想像しているらしい。秋津はとうとう我慢できなくなり、肩を揺らしながら笑ってしまった。

「冗談だよ。本気にするな。今のままで俺は十分満足してる」

久我はまだ疑わしそうに秋津を見上げている。

「なんだよ？　嘘じゃないぞ」

「……もし、どうしてもやりてぇっていうなら、俺も考えてみるぞ」

「は？」

「他の男なら、尻撫でられただけで半殺しだが、お前は俺のイロだ。色事に関しちゃ、お前の気持ちも尊重してやりてぇ。……だからお前が本気なら、俺も覚悟を決める」

「覚悟ってお前……。頭大丈夫か？」

久我の性格を考えると、死んでも嫌だと突っぱねるのが普通だ。どんな心境の変化があって、こんなことを言っているのだろう。

「俺は真面目に答えてる。惚れてる相手の望みなら、たいしたことじゃねぇだろう？　俺の本気を甘く見るな」

「久我……。お前、急に健気になってないか？」

「俺は昔から健気だ」

自分で言うなと思ったが、相手の意思を大事にしたいという久我の気持ちは伝わってくる。

「……それに想像すると、結構いいかもな」

「想像？ 何を想像するんだ？」

久我はニヤニヤしながら、いやらしい手つきで秋津の腰を撫でた。

「お前が俺の尻を見てハァハァする場面。俺の可憐《かれん》な尻に欲情して、辛抱《しんぼう》たまらんって顔でのしかかってくるお前の姿、ちっとばかし見てみたい気もするぜ。こう、目をギラギラさせてだな、俺に『頼むから挿れさせてくれっ』って必死で懇願《こんがん》してくるんだ。くくく」

完全に鼻の下が伸びている。結局、久我の頭の中では自分が下になっても、秋津が騎乗《きじょう》位《い》で乱れているセックスと大差ないのだ。

「お前の尻になんか興奮するか。アホらしい」

「アホってなんだ。お前——うっ」

久我のペニスを指で弾《はじ》き、秋津はベッドを下りた。

「おい、どこ行くんだ？」

「喉が渇《かわ》いたから、向こうでお茶でも飲んでくる」

「その前に、これをどうにかしろ。途中で放っていくな」

「戻ってくるまで待ってろ」

「薄情なこと言うな。なあ、もう一回上に乗れよ。頭の中で俺を犯《おか》してるって想像しながら、腰振ってみろ。どうだ？　興奮するだろう？」

秋津はドアを開け、久我を振り返った。勃起したまま放置されたペニスが憐《あわ》れを誘う。

「お前こそ俺に犯されてる場面を想像して、自分で抜いたらいいじゃないか」

冷たいひとことを残し、秋津はドアを閉めた。

3

溝口組には本家事務所とは別に、支店的存在の組事務所が数カ所ある。そのうちのひとつ、浪速《なにわ》区にある事務所は久我が任されていた。

秋津はまずはこの事務所に身を置いて、久我を取り巻く状況を理解していこうと考えた。あらゆる情報を頭にたたき込んでおかないと、秘書としては身動きすら取れない。そのため自主的研修期間として、しばらくは久我と別行動を取らせてもらうことにした。

外出する久我を見送った後、秋津は久我の部屋の応接用ソファに座り、書類の束に目を通し始めた。久我の経営する会社の概要や決算報告書をまとめたものだ。

久我の表稼業の拠点とも言える南栄興産《なんえいこうさん》の業務内容は、不動産仲介、賃貸物件管理、ビル経営、倉庫業、港湾荷役業と多岐《たき》に亘っているが、どの部門も全体的に好調な業績を示している。社長の久我は南堀江《みなみほりえ》にある会社に週に一、二度出社する程度らしく、今のところこれといった問題は抱えていないようだった。

ドアをノックする音が聞こえたので、秋津は「どうぞ」と返事をした。

「秋津さん、お茶どうぞ」

若い舎弟がしゃちほこばった態度で緑茶を運んできた。確かこの組事務所で一番若い青年だ。まだ正式な組員ではなく、若衆見習いの身分だったと記憶している。

「……優作《ゆうさく》、だったたっけ？」

坊主頭の青年は「はいっ」と大きな声で答えた。

「あの、あらためて、自己紹介します。坂田《さかた》優作ですっ。年は二十二、出身は河内長野《かわちながの》。毎日、事務所番やってますんで、ご用があったらなんでも俺に言いつけてくださいっ」

ひどく声が上ずっている。自分なんかに緊張しなくてもいいのに、と秋津は苦笑いした。

「ありがとう。でもお茶は飲みたかったら自分で煎《い》れる。俺には気をつかわないでくれ」

「そ、そういうわけにはいきませんっ。お茶でもコーヒーでも、俺に言うてください！」

必死で言い募るので、秋津も「じゃあ、そうさせてもらうよ」と軽く答えた。目上の者に事務所内で勝手に動かれたら、若い者は立場上、困るに違いないと思ったのだ。

「あの、秋津さんは、これからずっと事務所に来られるんですか？」

「そうだな。みんなの顔も覚えたいし、しばらくは通うことになると思う。それが何か？」

優作は妙に嬉しそうな顔で、元気よく「いいえ」と首を振った。

「秋津さん。頼まれてた資料――。優作？　何やってんや」

部屋に入ってきた伊久美が、秋津の前にボーッと突っ立っている優作を見て、眉間にシワを寄せた。

優作の顔が一瞬で青ざめる。伊久美は若い衆から恐《おそ》れられている存在らしい。

「お茶をお持ちしましたっ」

「用が済んだらさっさと出て行け。秋津さんの邪魔になるやろ」

「は、はいっ。失礼しまっす」

優作は慌てて部屋から出て行った。ドアが閉まると伊久美は吐息をついた。

「すみません。気の回らん奴で」

「元気いっぱいで可愛いじゃないですか」

「秋津さん。丁寧語」

恨めしげな顔で呟かれ、秋津は咳払《せきばら》いした。細かいことにこだわる男だ。

「あのですね」

伊久美が言いにくそうに切りだした。

「言葉遣いなら気をつけるよ」

「いえ、そっちやなくて。……うちの若いもんは、秋津さんのこと前から知ってます」

「そうだろうな」

ここの連中とは何度か酒の席で会っている。名前はまだ覚えていないが、ほとんどの顔に馴染みがあった。

「連中には、秋津さんは仁さんの秘書として、うちに来てくれることになったと教えてますが、どうもあいつら、意味を誤解しているようで……」

数秒考え、もしや、と思い至った。

「まさか、みんな俺と久我の関係を知っているのか？」

「そのまさかです」

やっぱりな、と脱力した。

「久我のあけすけな言動を考えれば、気づかれても仕方がないな。俺は気にしないから」

伊久美の話にはまだ続きがあった。

「あいつらから見たら秋津さんはその、なんていいますか、秘書というより、ええと……」

伊久美が珍しく口ごもる。よほど言いにくいことなのだろうか。

「伊久美さん。はっきり言っていいから」

「……はい。では遠慮なく。うちの若い奴らは、仁さんに惚れ込まれてる秋津さんのことを、姐《あね》さんみたいに思ってるようです」

姐さん――。

反射的に頭の中で、和服の美人女優が「命《たま》とったろうかっ！」とか「舐めたらあかんでっ」とか、威勢のいい啖呵《たんか》を切るシーンがひらめいた。いわゆる極妻というやつだ。

「姐さんて……俺は男だぞ？」

「そうなんですけど、あいつらの頭の中ではどうもそういうイメージがあるようで。多分、元凶は仁さんです。この前、酒の席で若い奴らに、秋津さんのことは姐さんやと思って接しろ、みたいなこと機嫌よう話してましたから」

「久我の野郎……」

秋津は怒りのあまり、拳《こぶし》をギューッと握り締めた。

「ここの事務所におるのは、仁さんに心酔《しんすい》してる男ばかりですから、間違っても秋津さんに失礼な真似するアホはおりません。ですけど態度に多少の問題があるかもしれません。その点だけは大目に見てやってください」

多少の問題がある態度とはなんなのか。知りたい気持ちはあったが、伊久美の答えが怖《こわ》くて聞くに聞けなかった。

「……わかった。その話はもういい」

自分がしっかりした態度を取っていれば、姐さん扱いされることもないだろう。もっとも姐さん扱いがどういうものなのかは、当の秋津にもよくわからないのだが。

「はい。資料が完成しましたんで、確認していただけますか？」

伊久美が分厚いファイルを差し出してきた。少し前に溝口組に関する情報を、わかりやすくまとめて欲しいと頼んでおいたのだ。

「ありがとう。助かるよ。尋ねたいこともあるから、少しつき合ってもらえるか」

伊久美は頷いて、秋津の前に腰を下ろした。ファイルを開き中を確認する。

「これ、伊久美さんがひとりで作成したのか？」

「はい。何か不明な点がありますか」

「いや、すごくよくできてる」

お世辞《せじ》ではなかった。すべてパソコンで作成された資料は、文字の大小から色づかい、それに一ページあたりにおける情報量まで適切で、非常に見やすいものだった。

内容も申し分ない。溝口組の歴史から始まり、幹部すべての名前や略歴、性格までが細かに記され、その上、頼んでもいないのに顔写真も組み込まれていた。他にも清和会全体の構成がわかる複雑な組織図まで入っている。

秋津はたいしたものだと本気で感心した。医師免許まで取った秀才の男であることは知っていたが、ヤクザにしておくにはつくづく惜《お》しい逸材《いつざい》だ。

伊久美は資料の内容を口頭で説明し始めた。

「ご存じのように、溝口組は清和会の直系二次団体です。つまりうちのオヤッサンは、清和会の組員でもあるわけです。清和会では最高幹部に名を連《つら》ね、顧問《こもん》の役職をいただいてます」

大阪に拠点を置く清和会は日本最大の暴力団で、構成員の数は約三万人とも言われているが、清和会自体の組員は約百二十名ほどだ。その組員全員が自分の組を持っていて、それぞれ傘下に数十名から数千人の構成員を抱えている。

「清和会会長と溝口組長の関係は良好なのか？」

「はい。清和会会長の矢澤周造《やざわしゅうぞう》氏は、うちのオヤッサンには一目置いてくれてます」

矢澤周造。秋津も名前くらいは知っている。極道界の頂点に立つ男だ。そして久我の実の父親でもある。

「清和会と溝口組は、昔は何度も抗争事件を起した間柄でした。ところがある事件がきっかけで、矢澤会長がこれ以上大阪の街を血まみれにしたない、これまでのことは水に流して、うちの傘下に収まってくれへんか、とオヤッサンに頭を下げてきました。矢澤会長の侠気《きょうき》に感服したオヤッサンは、独立独歩の信念を曲げて清和会の一員になりました。そういう経緯もあって、オヤッサンは新参ながらに異例の人事で顧問に抜擢《ばってき》されました」

伊久美の話を聞いていると、矢澤は久我が言うほどひどい男とは思えなかった。だが極道としてどれだけ優《すぐ》れていたとしても、父親としてどうだったのかまでは、他人の秋津にはわからない。

久我は子供の頃から父親を憎んでいた。愛人として苦労していた母親が、抗争事件に巻き込まれて死んだことで、その反発はさらに強まった。

『あんなくだらねぇ男でも極道のトップを張れるなら、俺にもやれるはずだ。あの男より高いところに登ってやる、そう思って俺はこの世界に飛び込んだ』

嫌っていたヤクザの世界に飛び込んだ理由を、久我はそんな言葉で語ってくれた。今はもうこだわりは捨てたと言っていたが、久我の心の奥底には父親の大きすぎる存在が、消せない影として張りついているようにも思える。

「溝口組にとって、今の一番の問題はなんだろう?」

「跡目相続の件でしょうね。……オヤッサンの家で、若頭補佐の館野さんとお会いになったそうですね」

「ああ。舎弟頭の室部という男も一緒だった。久我とはかなり険悪そうだったが、昔からああなのか?」

伊久美はすぐには答えず、秋津の顔をジッと見つめた。

「……秋津さんは仁さんの経歴について、どれくらいご存じですか?」

「正直言って、あまり知らないんだ」

久我とは夜を共にするだけの気楽な関係でいい。裏の世界のことにまで立ち入りたくはない。そう思っていたので、あえて久我の過去は聞かなかったのだ。

「久我は大阪で何か問題を起こして、東京の仁木《にき》組に身を寄せることになった。そして五年前に大阪に戻ってきて溝口組に入った。……俺が知っていることと言えばそれくらいだ」

「もしよかったら、俺の口から補足させていただいてもよろしいでしょうか？」

いい機会だった。久我のこれまでの極道としての歩みを、すべて知っておきたい。

伊久美の申し出に、秋津は迷うことなく頷いた。

「仁さんが最初に入った組は、溝口組の二次団体に当たる曽田《そだ》組でした。組長がええ人で、組員同士の結束は固かった。仁さんは見習いから始めて、めきめき頭角を現していき、二十五歳の時には若頭補佐に選ばれました。曽田組長にも特別可愛がられてました。俺もその頃、仁さんと出会ったんです」

伊久美は膝の上で手を組んで、淡々《たんたん》と当時のことを語り始めた。

「曽田組長は当時、溝口組の若頭でした。次期組長に就任することがほぼ決まってたのに、不幸にも交通事故で亡くなってしまいました。曽田組長をはねた若い男は現行犯逮捕され、みんなはただの交通事故やと思てました。けど仁さんだけは不審《ふしん》に思って、犯人の素性を徹底的に調べ上げました。そしたら、とんでもない事実が浮上してきたんです」

「とんでもない事実？」

「はい。犯人は清和会の三次団体に当たる、広野《ひろの》組という組の準構成員やったんです。その頃はまだ清和会と溝口組は反目状態にあったんで、仁さんは裏があると確信しました。ヤクザがヤクザを轢《ひ》き殺すなんて偶然は、そうそう起こるもんやありません。ましてや相手は敵対している組織の若頭です。仁さんは真相を確かめるために、日本刀を持って広野組の組長の自宅に乗り込んでいきました。俺はよう止めんと、仁さんの後を追いかけるしかできませんでした」

「とんでもない無茶をするな」

「まったくです。仁さんは広野の寝込みを襲い、曽田組長を殺したのはお前かと迫りました。日本刀を突きつけられて観念したのか、広野は事実を認めました。反清和会の最たる存在である溝口組を切り崩したい、そう考えて次期組長の曽田組長に狙いをつけたんです」

「それで久我はどうしたんだ？」

自分の親分を殺した黒幕を目の前にし、久我が冷静でいられたとは思えない。

「仁さんの怒りは凄まじかったです。けど当然でしょう。チャカやドスで向かってくるならまだしも、車で轢き殺すやなんて最低です。ヤクザ者でも、やってええことと悪いことがある」

「まさか久我は広野を殺したのか?」

「いえ。寸前で思い留まってくれました」

安堵の息が漏《も》れた。過去にどれだけの悪行を尽くしていても、久我を見捨てたりはしないが、犯した罪はひとつでも少ないほうがいい。

「仁さんは命を奪う代わり、広野に匕首《あいくち》を投げつけて、両手の小指を落とさせました。やり方は乱暴ですが、仁さんなりの曽田組長への弔《とむら》いやったんでしょう。……問題はその後です。このままやったら、今度は仁さんが清和会に狙われる。俺はオヤッサンに一部始終を話しました。オヤッサンは清和会の矢澤会長に、この件は互いに不問にすべきではないかと訴えてくれました。向こうも下の者が勝手にやったこととはいえ、溝口組の若頭を殺してるわけですから、一方的に仁さんの暴挙《ぼうきょ》を責められません。結局、この件に関しては双方遺恨《いこん》を残さへんという取り決めが交され、広野は清和会を除名、仁さんには形式的な破門《はもん》が言い渡されました。破門といっても期間を決めた、関西所払いの処置でした」

溝口組と清和会が和解するきっかけになったある事件とは、このことだったのだ。

「それで久我は東京に行ったのか」

「はい。オヤッサンの知り合いやった仁木組の組長が、仁さんを預かることになりました。俺は曽田組が解散してなくなってしもたんで、溝口組に入って仁さんの帰りを待ちました。二年が過ぎ、仁さんはやっと大阪に帰ってきました。そこであらためてオヤッサンと親子盃を交わし、溝口組の一員になったんです」

あれだけ脳天気で自信過剰な男だから、極道として順風満帆《じゅんぷうまんぱん》に歩いてきたのだろうと勝手に思っていたが、久我の人生も波乱に満ちたものだったのだ。

よくよく考えてみれば、久我は自分からは本心を語らない男だった。色事に関しては口をふさいでやりたくなるほど多弁なのに、過去の苦労話だとか仕事の大変さだとか、そういった類《たぐい》のことは、こちらが聞かない限り語ろうとしない。

羽生のこともそうだ。秋津が真相を質した時、久我は上からの命令で自分が殺したとしか言わなかった。だが実際は末期癌《まつきがん》で死期の迫った羽生に頼まれて、久我は苦渋《くじゅう》の末に引き金を引いたのだ。自分のためではなく、羽生のために――。

罪は罪として背負っていく。だから言い訳もしない。そんな久我の硬骨《こうこつ》な生き様は、ただ格好をつけているだけの柔な男では、決して真似のできないものだろう。

久我という男がなぜ舎弟たちに盲目的《もうもくてき》に尊敬され、深く慕《した》われているのか、やっとわかった気がした。男に惚れ込まれる男。それが久我なのだ。

「仁さんが若頭に就任したんは去年の頭です。オヤッサンの下について、まだ四年にも満たない仁さんの昇格には、何人かの幹部から異論の声も上がりました。一番に反対したのは舎弟頭の室部さんでした。室部さんは昔から館野さんを可愛がってて、次期組長に据えたがってます。そやから仁さんが目障《めざわ》りでしょうがないんです」

「溝口さんは、どう思っているんだろう?」

「周囲の反対を押し切って仁さんを若頭にしたくらいですから、内心では跡目を継がせたいと思ってるはずです。そやけど、今の状況では難しいかもしれません。仁さんが三代目に指名されたら、室部さんや館野さんが黙ってません」

溝口組にとっても久我にとっても、跡目相続の問題が最大の禍根《かこん》なのは間違いなかった。

「下手すると組が分裂するってことか」

「はい」

伊久美の神妙《しんみょう》な顔を見ていると、その危機が現実味を帯びて感じられる。

秋津は室部と館野の資料を眺めた。室部光造《みつぞう》、五十二歳。溝口組舎弟頭。館野秀二、三十八歳。若頭補佐。

久我の三代目襲名の鍵《かぎ》を握るのは、このふたりなのかもしれない。


翌日の夜、伊久美と一緒に事務所を出たところで、久我から電話がかかってきた。

『俺だ。今、裕樹と一緒に「春美《はるみ》」で飲んでいる。伊久美を連れてお前も来いよ。じゃあな、待ってるぞ』

返事をする前に電話は切れた。強引なのはいつものことだ。秋津は仕方なく伊久美を誘い、タクシーを拾った。『春美』は宗右衛門町《そえもんちょう》にあるスナックで、久我の行きつけの店だ。

「おう、来た来た。こっち座れ」

店に入るとカウンターに座った久我が、でかい声で手招きをした。久我と裕樹以外、他に客の姿はなかった。

「秋津さん、いらっしゃい。はい、どうぞ」

ママがにっこり笑って、カウンターの中からおしぼりを差し出してきた。ママは五十過ぎくらいで、ぽっちゃりした可愛い雰囲気の女性だ。久我とは古いつき合いらしく、まったく恐れている様子はない。

こんないかにもヤクザという強面《こわもて》の男が店に居座っていると、他の客は怖がって入ってこないだろう。そう思うと申し訳ない気持ちになるが、ママは気にしたふうもなく、楽しそうに久我と話し込んでいる。

「そういやママにはまだ言ってなかったな。秋津は俺の秘書になったんだ」

久我の言葉に、ママは「ええ?」と驚いた表情を浮かべた。

「秋津さん、ほんまに?」

「はい。今後ともよろしくお願いいたします」

「いややわ、そんな堅苦しい挨拶。……そやけど探偵さん辞めて、仁ちゃんの秘書になるやなんて、よう決心しはったなぁ」

「そりゃあ、まあよ。秋津は俺に惚れてるからな。どうしても秘書にしてくれって必死で頼まれて、俺もそこまで言うならしょうがない——でっ」

秋津はカウンターの下で、久我の臑《すね》を思いきり蹴《け》り飛ばした。

「なんで蹴るんだっ。俺は間違ったこと言ってねぇだろうが。俺の仕事を手伝いたいって言いだしたのはお前だぞ」

「……そうだが、無性にむかついた」

「お前、最近マジで乱暴だぞ。何かというとすぐ暴力に訴えてくる。ドメスティックバイオレンスってのは犯罪だ。心の病気だ」

「裕樹。つまみの皿、こっちにも回してくれ」

裕樹がナッツとチョコレートの入った皿を運ぼうとしたら、久我は憤然《ふんぜん》として「ちょい待てっ」と皿を奪い取った。

「つまみなんかどうでもいい。俺の話を聞け」

「聞いてるから、先に皿をよこせ。ほら」

「お前は最近、態度が――」

久我は秋津の差し出した手に指輪を見つけると、急に表情をやわらげた。

「まあ、あれだ。俺はこう見えてかなり忍耐強い男だから、ちょっとくらいの横暴《おうぼう》は大目に見てやるよ」

秋津は皿を受け取りながら、「そうそう」と頷いた。

「細かいことにこだわる男は、器が小さく見えるからな。俺が何しようがドンと構えてい ろよ。余裕のある男って格好いいぞ。お前は今でも十分格好いいけどさ」

秋津がピーナッツを口に放り込んでいる隣で、久我はデレデレと口元をゆるめた。こういう単純な部分は扱いやすくて助かる。

久我が上機嫌で鼻歌を歌いながらトイレに消えると、裕樹が情《なさ》けなさそうな顔で呟いた。

「仁さん、秋津さんにいいようにあしらわれてますね……」

「裕樹。秋津さんは喩《たと》えるなら、仁さんというロボットを意のままに動かす操縦士や」

伊久美が真面目な顔で言うと、裕樹も真剣な顔で「操縦士ですか?」と聞き返した。

「そうや。もしくは猛獣をアメとムチで華麗《かれい》に操《あやつ》る猛獣使い。普段から自在に動かせるよう鍛錬《たんれん》しとかんと、いざという時に仁さんの暴走を止めることはでけへん」

「なるほど。それもそうですね。秋津さん、さすがです」

「……本気で言ってるのか、お前ら」

乾《かわ》いた笑いを浮かべ、秋津は水割りに口をつけた。このふたりは時として真面目にトンチンカンなことを言う。

一時間ほど飲んでから四人は『春美』を出て、久我のベンツで帰路に着いた。

裕樹がマンションのエントランスの前で車を止めると、伊久美も玄関まで同行すると言って一緒に車から降りた。

「秋津。お勉強は進んでるか?」

「まあな。先生が優秀だから助かってる」

久我は後ろを振り返り、「世話かけるな」と伊久美をねぎらった。

「いえ、とんでもないです」

伊久美が軽く頭を下げた時だった。エントランスの自動ドアが開く直前、植え込みの茂みから、いきなり男が飛び出してきた。

「うわーーっ」

男は叫び声を上げながら突進してくる。その目は久我だけを捕らえていた。

手に刃物を握っているのを認めた秋津は、咄嗟に男の腿を蹴り上げた。横からの攻撃に、男はバランスを崩して前のめりになった。すかさず伊久美が後頭部を打ち据える。

「く……っ」

男は脳しんとうを起こしたのか、ガクリと膝を折り、頭から地面に倒れ込んだ。伊久美が落ちていた短刀を素早く拾い上げ、自分の懐に収める。

「このガキ、舐めた真似しやがって……っ」

久我は意識を失っている男の首根っこを掴むと、怒りの形相《ぎょうそう》で頬を殴《なぐ》りつけた。

「どこの鉄砲玉《てっぽうだま》だっ？　白状しやがれっ」

「久我、やめろ。気を失ってる相手に聞いても無駄だ。それにここだとひと目につく。部屋に連れて行こう」

「仁さん、大丈夫ですかっ？」

裕樹も慌てて車から降りてきた。

「ああ。なんでもねぇ。このガキを部屋に連れて行け」

「はい」

久我の部屋に着くと伊久美は男の手を背中で縛り、リビングの床に転がした。

「裕樹。冷蔵庫からミネ持ってこい」

久我は裕樹からミネラルウオーターが入ったペットボトルを受け取ると、真《ま》っ逆《さか》さまにひっくり返して男の顔に振りかけた。口と鼻によく冷えた水が入ってきたせいか、男は「ひゃっ」と声を上げて飛び起きた。

男は咽《む》せながら目だけをせわしなく動かし、自分を取り囲む男たちを怯えたように見上げていた。よほど恐ろしいのか、身体も小刻みに震えている。

まだ若い男だ。二十代前半くらいだろうか。黒目がちで眉毛も太く、妙な愛嬌《あいきょう》のある顔立ちをしている。髪は短めで、黒い長袖のTシャツとすり切れたジーンズを着ていた。ごく普通の今時の若者といった感じで、どう見てもヤクザだとは思えない。

「なんで俺を狙った？　俺を溝口組の久我仁一郎と知ってのことかっ？」

久我が男の頭を蹴飛ばした。男は「ひーっ」と叫んで逃げるように床を転げ回った。

「どこの組のもんだ。さっさと言え。素直に白状したら、命だけは助けてやる」

男は身体を丸めながらブルブルと首を振った。髪についた水滴が周囲に飛び散るさまを見て、秋津は犬みたいだなという場違いな感想を持った。

「……言わへん。俺はなんも話さへんぞっ」

男は声を震わせながらもはっきり答えた。それを聞いて、久我の目がギラッと光る。

「そうか。言えねぇのか。だったらてめぇはここで死ね。……伊久美、さっきのドス貸せ」

伊久美が匕首を差し出すと、久我は切っ先を男の鼻先に突きつけた。

「まずはどこに刺す？　希望くらいは聞いてやるぞ。目か？　腹か？　足か？」

「言わんっ。絶対に言わんぞ……っ。俺は殺されても言わへんのじゃぁ……っ！」

男はおいおい泣きながら、それでも強情に首を振り続けた。やけくそのようにも見えるが、意外と骨がある。

「なかなかいい根性してやがる。だが、いつまでそうやっていられるかな」

久我が匕首を揺らし、冷酷《れいこく》な笑いを浮かべた。この場で殺しはしないだろうが、手足くらいなら本気で斬《き》りつけそうな迫力だ。

相手はまだ子供みたいな男だ。そんな乱暴な方法で脅《おど》さなくても、時間をかければ口を割らせることはできる。

「久我。もうやめろ。見るからに素人じゃないか。そこまでしなくてもいいだろう」

秋津が止めに入ったが、久我は聞く耳を持たなかった。

「何がそこまでだ。自分を殺そうとした相手に情けをかけているようじゃ、命がいくつあっても足りやしねぇ。お前は黙ってろ」

久我にとっては相手がヤクザでも素人でも関係ないのだ。自分に刃物を向けた段階で、許すことのできない敵になる。

どうやって怒りを静めようかと思った時、部屋の電話が鳴った。秋津は子機を取った。

『アキちゃんか？　ワシや。仁一郎いてるか？』

溝口だった。秋津は愛想よく「少々お待ちください」と答え、保留ボタンを押して久我に近寄った。

「久我。電話だ」

「今は手が離せねぇ。後にしろ」

「溝口さんからだ。出ろ」

久我は舌打ちして、面倒くさそうに子機を受け取った。

「オヤジ？　なんだよ、こんな時間に。……今から？　勘弁《かんべん》してくれよ。……いや、でもな。……ああ、わかった。はいはい。行けばいいんだろう」

久我は忌々しそうに電話を切ると、匕首を伊久美に押しつけた。

「オヤジのとこに行ってくる。今から淡路の別荘に行くからつき合えだとさ。年寄りっててておいてくれ」

「悪いが今回は遠慮するよ。この男を放っては行けない。溝口さんには、適当に言い訳しておいてくれ」

のは我《わ》が儘《まま》で困るぜ。秋津、お前も一緒に来い。ご指名だ」

「伊久美に任せておけばいいだろう」

「そういうわけにはいかない。お前の代わりに、この男から黒幕を聞き出す」

秋津がはっきりと答えると、久我は溜め息をついた。

「お前は言いだしたら聞かねぇからな。……裕樹、行くぞ」

帰りは明日の夜になると言い残し、久我は裕樹を従《したが》えて部屋から出て行った。

「おい、坊主。痛い目見る前に、素直に口割ったほうがええぞ」

伊久美がしゃがみ込んで、男の胸ぐらをグイッと摑んだ。

男は子供みたいにしゃくり上げながらも、「言わへん……っ」と言い張った。顔は涙と鼻水でぐちゃぐちゃだ。

「伊久美さん。その匕首、貸してくれないか」

秋津が手を出すと、伊久美は戸惑《とまど》ったように匕首を預けてきた。受け取った秋津はリビングを出てドレッシングルームに入り、匕首を戸棚にしまってからタオルを手に取った。

リビングに戻ると床に座り込んでいる男に近づき、手首の拘束《こうそく》を解き始めた。

「秋津さん」

伊久美が慌てて止めようとしたが、「いいんだ」と制した。

「頭を拭け。びしょ濡れだ」

タオルを渡すと、男は驚いた顔で秋津の顔を凝視した。

秋津は立ち上がってキッチンに入った。コーヒーを煎れ、三つのカップをトレイでソファのテーブルまで運んだ。

「伊久美さん、どうぞ。――お前も飲めよ。どうせすぐには帰れないんだ。コーヒーでも飲んで、気持ちを落ち着けろ」

声をかけたが警戒しているのか、男はタオルを握り締めたまま動こうとしない。

「秋津さんがせっかく言うてくれてるんや。来い」

伊久美が男の首根っこを摑み、強引にソファに座らせた。男は歯を食いしばるようにギュッと口を閉じて、コーヒーカップをにらみつけている。

「お前、ヤクザなのか?」

男は黙って首を振った。隣に座った伊久美が男の顔を深くのぞき込み、「おい」と低い声を出した。

「お前は食い倒れ人形か。首振ってらんと返事くらいせえ」

伊久美の迫力ある目つきに、男は「は、はい」と頷いた。

「俺はヤクザと違います……」

「なら、どうして久我を襲ったんだ」

「理由は言えません」

「そうか。でも久我が戻ってきたら、お前は無事じゃいられなくなるぞ。お前だって五体満足でいたいだろう。ヤクザでないなら義理立てする相手もいないはずだ。今のうちに白状したらどうだ。そのほうが自分のためだ」

男は膝の上に置いた拳を強く握り締めている。その態度は反抗的というより、必死で何かに耐えているようでもあった。

「ひとつだけ教えてくれ。久我を恨んでの仕業《しわざ》か？」

男は泣きそうな顔で目を伏せていたが、しばらくして口を開いた。

「違います。あの人に恨みはありません」

秋津はコーヒーを飲みながら考えた。普通の若者が匕首を持ってヤクザを襲う。強い恨みでもあれば頷ける行動だが、怨恨《えんこん》ではないと言う。

並大抵の覚悟ではできないことを、男に決意させた理由――。

「お前、誰かに脅されているんだろう」

男の肩がかすかに揺れた。動揺《どうよう》を見抜き、秋津は言い募った。

「誰かがお前を脅し、久我を襲うように命じた。そうなんだろう?」

「そ、それは……」

にわかに息が荒くなった男を、伊久美も探《さぐ》るような目で見ている。

「——もしかして、その誰かに人質でも取られているのか」

秋津の指摘に男は拳をブルブルと震わせ始めた。冷や汗までかいている。

間違いない。秋津は確信して、男を一気に追いつめにかかった。

「そうなんだな。人質は誰だ。恋人か? 家族か? 久我を殺さないと大事な相手に危害が加えられる。だから、こんな真似をしでかしたんだろう?」

「ち、違う……っ、そんなことは——」

「口止めされてるんだな。言えば人質がどうなるかわからない。お前はそれを恐れている」

自分だけが脅されているなら、逃げれば済むことだ。逃げずにこんな無茶をしでかしたのは、守りたい何かがあったからだろう。そう考えるのが一番自然だ。

「なあ。お前はもう失敗したんだ。このままでは、お前の大事な誰かも無事ではいられない。だったら全部俺に打ち明けて、一緒に打開策を考えてみないか?」

「打開策……?」

意味がわからないという顔で、男が繰り返した。

「そうだ。俺たちはお前に久我を襲えと命じた相手を、なんとしても知りたい。お前が教えてくれれば、その相手を叩くことができる。そうすればお前も大事な相手を、取り返すことができるかもしれないだろう。いや、俺たちが取り戻してやる」

男は疑わしそうに秋津を見た。

「……そんなん嘘や。話を聞き出した後、俺のこと殺すんやろ。ヤクザが自分を襲った相手を許すわけがない」

「大丈夫だ。その点は俺が保証する」

「そやけど久我って人、めちゃめちゃ怒ってた。俺、絶対あいつに殺される」

「心配しなくていい。俺がそんな真似はさせないから」

男はジッと秋津を見つめ、「あんた」と呟いた。

「ヤクザに見えへんけど、あの男よりえらいんか……？」

ストレートな質問を受け、秋津は答えに窮《きゅう》した。

ここでえらくないと言えば信頼を失い、口から出任せを言ったと思われるかもしれない。

しかし、だからといって「俺のほうがえらい」とさすがに言えなかった。

「えらい。この人は世界で唯一、久我仁一郎を叱《しか》れる方や。頰を引っぱたこうが、足蹴りをしようが、仁さんはよう逆らわん」

伊久美がきっぱりと断言した。あまりの言われように、自分がひどい暴力妻にでもなった気がしてくる。

「そやから、この人を信じたらええ。約束を破《やぶ》る人やない」

伊久美の言葉に心が動いたのか、男は何か言いたげな顔で秋津を見た。秋津は安心させるように微笑んだ。

「大丈夫だよ。俺を信じて全部話してみろ。お前も被害者なんだ。辛かっただろう?」

事情はよくわからないが、素人がヤクザを刺そうと決意したのだから、相当に追いつめられていたはずだ。さぞや恐ろしかっただろう。死ぬことも覚悟していたに違いない。

「お、俺……、俺は……っ」

秋津の優しい言葉に張り詰めていたものが切れたのか、男はくしゃくしゃに顔を歪ませ泣き始めた。

「すんません、ほんまにすんません……っ。けど、しょうがなかったんです。俺がやらんな、妹が……、俺の妹が……っ」

秋津と伊久美は視線だけで頷き合った。

やはりこの男は何者かに脅されていたのだ。

4

男の名前は柴田《しばた》健児《けんじ》。年齢はまだ二十二歳だった。

「俺に久我さんを殺せと命令したんは、丹沢《たんざわ》という男です。俺の働いてたスナックの常連客で、一年ほど前に知り合いました。金貸しの仕事をしてて、いつも羽振《はぶ》りはよかったです。前から、金に困ったらいつでも相談に乗るって言われてたもんで、つい……」

金が必要になった理由を、健児は友達に借りた車で接触事故を起こしたせいだと説明した。車の修理代に数十万が必要になったが、その車は車両保険に入っていなかった。自腹を切るしかなく、困り果てた健児は丹沢に相談を持ちかけたのだ。

「最初は普通の金利でした。けど途中で生活が苦しくなって、支払いが遅れ始めた。丹沢は俺に別の金貸しを紹介するから、そこで金を借りて返済せえと怒りました。仕方なく、また借金しました。むちゃくちゃな金利で、すぐにそっちも払えんようになって、また他で金を借りらされ……。気がついたら、俺は多重債務者になってました」

「アホなことしたな。闇金なんかで金借りたら、どういうことになるか知らんかったんか。トイチでもトサンでも、普通に計算したら返済できるもんやないとわかるやろう」

伊久美が冷たく言い捨てた。

「闇金やなんて知らんかったんです」

健児が弱々しく反論する。きっと甘い口車に乗って、深く考えずに金を借りたのだろう。相手は知り合いだし安心感もあったはずだ。

「毎日、取り立てが来るようになりました。給料も持っていかれて、家賃も払えんようになった。どうしようもないんで、俺は玉造《たまつくり》に住んでる妹の部屋に居候《いそうろう》させてもらいました。そしたら丹沢は妹の部屋にまでやって来たんです。丹沢は妹を見て、風俗で働かせたらどうやって言いました。俺、めちゃくちゃ腹が立って、丹沢を殴ってしもうたんです。それが三日前のことです」

健児は途方に暮れた顔で頭を掻《か》きむしった。

「妹はその翌日、丹沢にさらわれました……っ。金やったらどうにか工面するから、妹を帰してくれと必死で頼んだけど、丹沢の要求は他のことやった」

「久我を殺せと言われたんだな?」

秋津が問うと、健児は力なく首を縦《たて》に振った。

「久我さんを殺したら妹を返す。借金もチャラにしてやる。そう言われたんです」

健児は久我のマンションを教えられ、匕首を押しつけられたのだと続けた。その際に、もし逃げたり警察に駆け込んだ時は妹を殺す、失敗した時はシャブ漬けにして風俗で働かせるとも脅されたらしい。卑劣《ひれつ》なやり口に秋津は強い憤《いきどお》りを覚えた。

「その丹沢って男、暴力団なんだろう。どこの組の人間か知らないのか？」

「わかりません。でも清和会系やと自慢してました」

秋津は伊久美に目を向けた。

「どう思う？」

「本当かどうかはわかりませんね。清和会の名前を出しておけば素人はびびりますから」

さらに話を聞くと、久我を刺した後は丹沢の携帯に電話をかけ、指定された場所に行くことになっていたらしい。そこで妹を返してもらえる予定だった。

「腑に落ちないな。やり方が半端すぎる」

「そうですね。素人がドス振り回したところで、仁さんを殺せるわけがありません」

秋津と伊久美のやり取りを聞いて、健児は顔色を変えた。

「う、嘘ちゃいますっ。俺はホンマに丹沢に脅されたんです！」

「わかってる。お前を疑ってるんじゃない。その丹沢って男のやり方が変だと言ってるんだ。本気で久我を殺したかったら、お前に拳銃《けんじゅう》くらい渡すだろう」

「拳銃……」

健児が恐ろしそうに呟いた。

秋津は自分の携帯を持ってきて、久我に電話をかけた。溝口と久我の他に淡路島の別荘には誰が行くのかと質問すると、久我は訝《いぶか》しそうに『なんだ?』と声を荒げた。

『なんだってそんなことを聞く?』

「いいから答えろ」

久我はムスッとしながらも、同行するのは裕樹と溝口のところの若衆ふたりだけだと答えた。お忍びなので他の幹部には内緒らしい。ちょうどいいと秋津は考えた。

「明日の夜まで外部と連絡を絶ってくれないか。電話がかかってきても出ないで欲しい」

『どういうことだ?』

「お前は今夜、マンションの前で刺された。だから電話には出られない。そういうことだ」

『はぁ? 何わけのわかんねぇこと言ってんだ。それよりさっきのガキ、口を割ったか? どこの組のもんだった。帰ったらきっちり礼を――』

「まだはっきりしない。わかったら電話するよ。じゃあな」

秋津は一方的に通話を切って、健児を見据えた。健児が緊張した顔で秋津の視線を受け止める。

「妹を取り戻したいんだろう」

「もちろんです」

「だったら俺たちに協力しろ。悪いようにはしないから。いいな」

健児はしばらく秋津の目を黙って見つめていた。自分の前にいる男が信頼のできる相手なのか、必死で見極めようとしているのかもしれない。秋津は返事を急《せ》かさず、健児が自分で判断するのを待った。

「……わかりました。全部任せます。どうか妹を助けてやってください」

秋津は頷いて、伊久美に腕の立つ若い衆を何人か集めてくれと頼んだ。


「この辺で停めてくれ」

後ろから秋津が声をかけると、迫村《さこむら》という久我の舎弟は「はい」と返事をして、ワゴン車を路肩に停車させた。

新淀川《しんよどがわ》にほど近い場所で、頭の上には阪神《はんしん》高速の神戸線が走っている。

「そこの角の店ですね。あの様子やったら、営業はしてなさそうやけど」

伊久美が少し先にある、古ぼけた小さなスナックを見て感想を漏らした。確かに割れた看板に灯《あか》りはついていないし、店舗としてはまったく機能していないようだ。

「向こうは警戒してると思うか?」

「それはないと思います。警戒してたら、健児を自分らのテリトリーに呼ばんでしょう。どういう手はずで行きますか?」

「荒仕事の仕切りは、伊久美さんに任せるよ」

伊久美は「わかりました」と答え、三人の手下に淡々と指示を出した。

「ええか、お前ら。健児がノックして向こうがドアを開けたら、いっせいに中に雪崩《なだ》れ込む。向こうが反撃してくる前に、全員押さえ込むんや。絶対に外に逃がしたらあかんぞ」

「はいっ」

黒いスモークが貼られたワゴン車の中に、緊迫《きんぱく》したムードが張り詰める。秋津の隣にいる健児も、悲壮《ひそう》な顔つきで唇を引き結んでいた。

「健児。大丈夫か?」

「はい。頑張ります」

健児の顔と服には乾いた赤い血が付着している。もちろん本物ではない。食紅とシロップを混ぜ合わせてつくった、伊久美お手製の血糊《ちのり》である。

「よし、行こう」

全員がワゴン車から降りた。時々、車は行き交うが、辺りに人の気配はない。

健児がスナックのドアの前に立った。秋津たちはドアが開いても見えない位置で息をひそめる。

健児が秋津に視線を投げた。秋津が頷くと健児は深呼吸して、ドアをノックした。

「誰や」

中からくぐもった男の声が聞こえてきた。

「俺です、健児です。開けてください」

ドアがわずかに開いた。相手は隙間《すきま》から「ひとりか？」と健児に話しかけた。

「もちろんです」

「……えらい格好や。ほんまに久我を刺してきたんやな」

「そうです。俺は約束通りやりました。妹を、美菜《みな》を返してください……っ」

どうやら健児と今話しているのが丹沢らしい。

「話は中でする。入れ」

ドアが大きく開いたその瞬間、伊久美が両手でドアを摑んだ。

「今や、入れっ」

伊久美がドアを最大に開くと、健児が俊敏《しゅんびん》に脇に飛び退いた。三人の舎弟が電光石火《でんこうせっか》の勢いで店の中に乱入していく。

「お、お前ら、なんや……っ！」

入り口で呆然《ぼうぜん》としていた丹沢は、伊久美に顔を殴られ背後に倒れ込んだ。

「お前ら、なんじゃぁっ！」

店内には他にふたりの男がいた。突然の襲撃に顔色を失って椅子から立ち上がる。しかし迫村たちに猛然《もうぜん》と飛びかかられ、ろくな抵抗もできないまま、呆気《あっけ》なく叩きのめされてしまった。

さすがは伊久美が選んだ男たちだ。武器も使わず、素手《すで》だけで瞬時に勝負がついた。

「来い。健児」

秋津は健児の肩を押して、店の中に入った。

店内にはカウンターしかなく、がらんとしていた。くすんだ赤い絨毯《じゅうたん》の上に、手足をガムテープで拘束された三人が腰を下ろしている。

「お前ら、どこのもんや……っ」

真っ青な顔で丹沢が叫んだ。四十歳くらいの太った男で、あまりヤクザらしくはない。しかし後のふたりは見るからに筋者だった。派手な服装も尖った人相も、堅気の人間とは明らかに一線を画している。

「それはこっちのセリフや。素人使ってうちの久我を襲わせるやなんて、えらい舐めた真似してくれたな。組の名前、言わんかい」

声を荒げず、伊久美は静かに丹沢を問い質した。

「俺はなんも言わんぞっ。久我のアホにもそう言うとけ！」

「……秋津さん。すみませんけど健児連れて、車で待っててもらえませんか。こっから先は、少々見苦しいことになりますんで」

痛めつけて吐かせるつもりらしい。この期《ご》に及《およ》んできれいごとは言っていられないと思う反面、なんでも暴力で方をつけようとするこの世界のやり方には、嫌悪を感じずにはいられなかった。力ずく以外の方法はないのだろうかと、秋津は丹沢の顔を振り返った。

「暴力を使わないと無理なのか？」

「こいつは腐ってもヤクザですから、素人の健児みたいにはいきません」

「だけど――」

秋津はあることに気づき、口を閉ざした。伊久美に殴られ口の端が切れている丹沢の無《む》惨《ざん》な顔を、穴が空くほど見つめる。

「秋津さん？　どうしたんです？」

伊久美が不審そうに話しかけてくる。

「この男、見たことがある」

秋津がぽつりと呟くと、伊久美は「どこでですか?」と驚いた表情を浮かべた。

「伊久美さんの用意してくれた資料の中に、館野さんが自分の舎弟たちと集まって撮った写真があっただろう?」

「ああ、館野さんところの新年会の写真ですね」

「そうだ。あの写真にこの男が写っていた」

丹沢の顔色は明らかに変わっていた。秋津は丹沢の前にしゃがみ込んだ。

「なあ、そうだよな。あんた、館野さんの隣に座っていた。今よりもっと痩《や》せていて、サングラスもかけていたけど、あれはあんただ」

「知るかっ。何わけのわからんことを、ごちゃごちゃ抜かしとるんや」

「……お前、もしかして館野さんの舎弟の笹沼保夫《ささぬまやすお》か」

伊久美の言葉に、丹沢はギクッとしたように身体を強ばらせた。

「笹沼保夫? それがこの男の本名なのか?」

「はい。館野さんの下で金融業やってる男です。企業舎弟なんで、組の集まりには参加してませんが、噂では館野さんによう尽くすと聞いてます。俺も直接会うのは始めてですけど、秋津さんがおっしゃった写真の話でピンときました」

「じゃあ、こっちのふたりも館野さんの手下か？」

「見たことのない顔ですけど、そういうことになりますね」

館野の舎弟が首謀者《しゅぼうしゃ》だった。ということはやはり館野は跡目相続の件で、久我を邪魔だと思っているのだろうか。

「偽名を用意するなんて、随分と用意周到だな」

「別に健児にだけ偽名を使ったんとちゃう。金貸しの仕事を丹沢名義でやってただけや」

伊久美が丹沢こと、笹沼の腿を踏みつけた。

「痛いっ」

「笹沼。黒幕は館野さんか。あの人が仁さんを殺そうとしたんか？」

「知らん！　なんの話かさっぱりわからんぞっ」

伊久美は丹沢の出っ張った腹を鋭く蹴り上げた。

「ぐはっ」

「ええ加減に白状せぇっ！　お前の返答次第でこれから戦争が始まるんじゃっ」

伊久美が吠えた。初めて耳にする激しい啖呵だった。

「ことの重大さがわかってんのか。もしこれが館野さんの命令やったら、溝口組はまっぷたつに分かれるんや。身内同士で命の取り合いになるんやぞ」

笹沼は身体を小刻みに震わせ始めた。

「笹沼さん。どっちなんだ。健児を脅してあんな真似をさせたのは、あんたの独断なのか。それとも館野さんがやれと言ったのか？　これは久我だけの問題じゃない。組全体にかかわる大事なんだ。正直に話してくれ」

秋津が静かに問い詰めると、笹沼はこれ以上シラを切れないと観念したのか、ガクリとうなだれた。

「……俺が勝手にやったことや。館野の兄貴は関係ない」

嘘をついているとは思わなかった。館野が本気なら、ちゃんとした鉄砲玉を送り込んでくるはずだ。

「あんたは久我を殺したかったのか？」

「死んだらええと思てたけど、そこまでやる勇気はなかった。首尾ようい って素人の健児が久我を刺せたら、あの傲慢な男の面目《めんもく》は見事に丸潰《ふさわ》れになる、そう思ったんや。館野の兄貴はええ人や。あの人こそが溝口組の三代目に相応しいのに、久我みたいな成り上がりがでかい顔しやがって……っ」

悔しそうに吐き捨てる笹沼を見ていたら、怒りの気持ちがわずかだけ弱まった。立場は違えど、この男も尊敬する館野を思い、忠憤《ちゅうふん》ゆえに馬鹿な真似をしたのだ。

しかし健児を脅したのは許せない。自分の手を汚さず、高みの見物を決め込んだ性根は心底腐りきっている。

「健児の妹はどこや。居場所を言え」

笹沼は何も答えない。伊久美がまた蹴り飛ばそうとしたが、秋津は「待ってくれ」と止めに入った。甘いと言われても、まずは言葉で説得したい。

「笹沼さん。この期に及んで意地を張ってもしょうがないだろう。関係のない女の子をさらうことが、館野さんへの忠義《ちゆうぎ》に繋がるのか？　あんたがやってることは、全部館野さんの価値を下げる情けない行為だ。これ以上、兄貴分の顔に泥を塗《ぬ》るような真似はやめろ」

しばらくして笹沼は口を開き、ボソボソと喋り始めた。

「健児の妹は、俺の知り合いのマンションで監禁してる。場所は中津《なかつ》の――」

住所を聞き終えると、健児が飛び出して行こうとしたので、秋津は慌てて腕を摑んだ。

「見張りがいるはずだから、ひとりじゃ無茶だ」

妹のいるマンションには、秋津、健児、伊久美、迫村の四人が向かうことになった。念のため、笹沼も連れて行くことにした。残りのふたりは笹沼の手下を見張るために、スナックに残った。

ワゴン車に乗り込むと、健児は秋津の手を摑んできた。

「秋津さん、ホンマにありがとう。このご恩は一生忘れません」

「安心するのはまだ早いぞ。礼なら妹さんが無事に戻ってきてからでいい」

秋津の言葉に、健児は赤い目で頷いた。


「なんだ。結局、どこの組の仕業かまだわかってねぇのか」

翌日の夜、淡路島から帰ってきた久我は、秋津の報告を聞いて眉をひそめた。

「今、伊久美さんが調査中だ。俺も手伝っているから、もう少し時間をくれ」

久我の脱いだ背広の上着を受け取りながら、秋津はすらすらと嘘をついた。

昨夜、健児の妹は無事に見つかった。憔悴《しょうすい》していたものの、乱暴を受けた様子は見られなかった。健児は安心したのか、泣きながら妹に何度も謝《あやま》っていた。

健児は堅気だったこともあり、今回だけは特別に見逃してもらえることになった。

しかし笹沼たちはそうもいかない。伊久美に笹沼たちの処遇《しょぐう》は自分に任せて欲しいと言われたが、その厳しい表情を見れば、笹沼たちがどんな目に遭うのか嫌でも予想はつく。

穏便《おんびん》に済ませられないのかと聞いたら、「必要なけじめですから」という明快《めいかい》な言葉が返ってきた。

けじめと言われてしまえば反対もできなかった。殺したり障害が残るほどの怪我は負わせないという言質《げんち》は取れたので、秋津はそれ以上の口出しはしなかった。

伊久美は何も感情的になって、個人的怒りから笹沼を痛めつけるのではない。この世界では、相手に舐められるようになったらお終いなのだ。恐れられる存在でなければ、あっという間に潰されてしまう。誰にでも温情《おんじょう》をかけていては、やっていけない稼業だということは秋津もわかっている。手放しで認める気にはなれないが、この世界で生きていく覚悟を決めた以上は、何事にも慣れるしかないのだ。

「しかし素人を脅して駒《こま》にするなんて、情けないヤクザもいたもんだ」

久我がソファにドサッと座り、煙草に火をつけた。

「まったくだ。人として最低だな」

黒幕がまだわからないという嘘の報告をしたのは、久我の性格を考えてのことだった。事実を知れば、久我は館野が裏で糸を引いているに違いないと怒り狂って、真正面からぶつかっていくだろう。そうすれば危険な均衡《きんこう》は崩れ、組織は内部分裂して館野派と久我派で戦争が起きる。だから伊久美たちにも、このことは絶対に他言しないようきつく頼んでおいた。

「淡路の別荘はどうだった?」

「あのジジイは元気すぎるから、相手するのも大変だ。おかげで今日は二日酔いだよ」

「溝口さんは肝臓《かんぞう》が悪いんだろう。そんなに飲んで大丈夫なのか」

「肝臓だけじゃなく、最近は心臓もやばいらしい。けど、いくら止めても聞きやしねぇ。しょうがねぇ爺《じい》さんだぜ」

口では文句ばかり言うが、本当は溝口のことが好きなのだろう。言葉の端々《はしばし》から親愛の情がにじみ出ている。

不思議なものだと秋津は思った。清和会会長の矢澤も溝口も同じヤクザなのに、久我は実の父親である矢澤を疎《うと》み、赤の他人の溝口をオヤジと呼んで慕っている。

「なあ、秋津。お前、あんまり頑張りすぎるなよ」

久我が煙草を揉《も》み消しながら、軽い調子で言った。

「どういう意味だ?」

「お前は秘書なんだから、きな臭いことにまで首突っ込む必要はねぇ。危ないことは伊久美や裕樹に任せて、優雅に俺のスケジュール管理でもしてろよ」

久我は鷹揚《おうよう》な態度でそう言うが、秋津には聞き捨てならない言葉だった。

「久我。秘書というのはあくまで便宜上《べんぎじょう》の立場だろう。俺はお前のそばで働けるなら、立場はなんでもいいと言ったが、秘書の役目に縛られる気はない」

「お前の気持ちは嬉しい。けどな、お前には危険な仕事はさせたかないんだよ。もしお前の身に何かあったら、俺はどうすりゃいいんだ？　お前はたったひとりの俺の大事な女なんだぞ」

久我の言いたいことはよくわかるが、秋津にはどうしても納得できなかった。秋津は久我に大事にされるために、今の生き方を選んだのではない。むしろ、自分が久我を守りたいと思ったからこそ、一緒に生きる覚悟を決めたのだ。

「俺はお前のイロだが女じゃない。前にも言ったと思うが、ベッドの中以外では俺をひとりの男として認めてくれ」

「認めてるさ。お前は男としても一級品だ。だがその前に俺の女だ。代わりが利く存在じゃねえんだぞ。そこのとこ、自覚してくれ」

何かが噛み合っていなかった。久我の認識と自分の見解に、微妙なずれを感じる。男としての秋津を認めていると言いながら、久我は女としての秋津しか必要としていない。

「秋津。お前はお前らしくしてろ。こっちの世界に無理して合わせる必要はねぇんだ」

久我の声は優しかった。自分を想って言ってくれているのはよくわかる。なのに言いようのない不快感を覚えてしまい、秋津はそんな自分に戸惑った。

「……風呂に入ってくる」

これ以上そばにいたら、久我と喧嘩になってしまいそうな気がしたので、秋津はリビングを出た。久我はただ自分を心配してくれているのだ。だから感情的になって、非難めいた言葉を口にしたくはなかった。

秋津は浴室で熱い湯に打たれながら、久我は自分の覚悟をどういうつもりで受け止めたのだろうと考えた。自分の気持ちはすべてわかってくれていると思っていたのに、ああいう物言いをされると、急に不安が湧いてくる。

久我は秋津の人生に責任を持つと言った。あの時は素直に受け止め、喜びで胸がいっぱいになったが、久我の言う責任とは一体なんなのだろう。

夫婦のように相手をいたわること。信じること。守ること。それはわかる。自分もそうやって、久我を愛していきたいと思っている。

けれど秋津に新しい人生を決意させた一番の理由は、ただ甘いだけの恋愛感情で満足するのではなく、人として、男としての強い絆を結びたいという願いを持ったからだ。

『てっぺんを目指してる。やるからには、一番上まで行く』

久我ははっきりとそう断言した。あのひとことで、秋津の心は定《さだ》まったのだ。久我が極道として頂上を目指すと言うなら、その茨《いばら》の道を共に歩いていきたい。危険な世界を生き

る久我の役に立ちたい。手足になりたい。

秋津は左手を目の前にかざし、薬指の指輪を見つめた。

愛されていることに不満などあるはずもないのに、今はこの愛情の証《あかし》が重く感じられる。久我は情人以外の部分など、必要としていないのだろうか。できることなら、男としての自分も求めて欲しい。必要な存在だと思ってもらいたい。

秋津は苦笑いを浮かべた。随分と自分も変わったものだ。久我と出会った時は、あんなに毛嫌いして反発していたのに。あの頃は嫌な男だと思い、顔を見るだけで苛々していた。

裏を返せば、羽生と同じ匂いを持つ久我を、秋津は無意識のうちに恐れていたのだ。この男は駄目だ。近づけてはいけない。この男に惹《ひ》かれれば、また地獄の苦しみを味わうことになる。同じ過《あやま》ちを犯すな。同じ轍《てつ》を踏むな。そう本能が警告していたのだろう。

秋津は何に対しても、できるだけ執着心《しゅうちゃくしん》は持たないよう心がけてきた。必要以上の関心は持たず、手に入れたいとも願わない。自分の心を自衛するための一番の良策だった。執着すればするほど、いずれ喪失《そうしつ》の苦しみにのたうち回ることになる。あの地獄を再び味わうくらいなら、ずっとひとりでいい。

久我と出会うまで、秋津はそんな思いに囚《とら》われていた。

孤独を苦痛だとは思わなかった。孤独は致死量《ちしりょう》に至らない毒だ。じわじわと心を苛《さいな》み、感情を麻痺《まひ》させていくが、慣れてしまえばどうということもない。

寂しさを褥《しとね》にして、色褪《いろあ》せた夜に抱かれ続ける。あの頃の自分は立ち枯《か》れる木のように、生きたまま死んでいる状態だった。

なのに久我が再び秋津を生き返らせた。強引な愛情で、生きる苦しみの中へと連れ戻したのだ。最初は煩《わずら》わしくて、久我を憎みたくなった。なぜ、自分をまた苦しめようとするのだ。もう何も望んではいないというのに――。

けれど久我に抱かれ、秋津は否応《いやおう》もなく気づかされた。心の奥底では、もう一度、生きたいと願っていたのだ。枯れ木は水を注がれ、再び芽吹くことを望んでいた。

愛されて知る歓《よろこ》び。愛することで知る歓び。どちらも久我が教えてくれた。一本気でひたむきな愛情を注がれ、秋津の死んだも同然だった心は息を吹き返したのだ。

秋津はシャワーを済ませると、バスローブを着てリビングに戻った。久我はソファに横たわり、眠り込んでいた。熟睡しているので起こすのも可哀想だと思い、毛布を持ってきてかけてやる。

久我の寝顔を眺めながら、秋津は小さな溜め息を落とした。

自分だけが空回りしているようで虚しくなったが、焦《あせ》るのはよそう。いずれ久我もわかってくれるはずだ。久我は自分の信じた男なのだから。

5

『アキちゃんか？　ワシやけどな、道が混んでてちょっと遅れそうなんや』

「わかりました。ではこのまま、待たせていただきます」

溝口は『悪いな。ほな、後で』と言って、電話を切った。

昨日の夜、秋津は溝口に電話をかけた。折り入って、ふたりきりで話したいことがあると告げると、明日の三時頃なら帰宅しているから、家に来るといいと言われた。

約束の時間より少し早く到着したが溝口はまだ帰宅しておらず、通された客間で待っていると、携帯に電話がかかってきたのだ。

障子《しょうじ》の向こうで「失礼します」と声が上がった。

「お茶、お持ちしました」

若い男が床に正座して、丁寧なお辞儀《じぎ》をした。

「ありがとう」

たどたどしい手つきで茶托《ちゃたく》つきの湯呑みを置く男は、この前、久我に小遣いを渡された杉原という青年だった。

「今日は涼《すず》しいね」

「は、はい、ほんまに」

秋津に話しかけられ驚いたのか、杉原が裏返った声で答える。

「あの、この前は久我さんに気をつかっていただいて、その、よろしくお伝えください」

「ああ。伝えておくよ。……君は今いくつ？　まだ若そうだけど」

「二十二歳です」

久我のところにいる優作と同じ年だった。最近はヤクザの世界も人手不足で、若い人材があまり育たないと聞くが、溝口組は例外らしい。

「部屋住みって大変なんだろう？」

「いえ、貴重な経験やと思て日々感謝してます。口添えしてくださった、館野の兄貴にはホンマに感謝してます」

組長の自宅に入ることを許されるくらいなのだから、幹部の誰かから目をかけられているのだろうとは思っていたが、館野が後見人だったらしい。

「俺はよく知らないんだが、館野さんはどういう人？」

「あんまり喋らんけど、ええ人です。面倒見もいいし、下の者には慕われてます」

杉原の誇らしげな顔を見れば、お世辞でないことはわかる。久我とはタイプが違う男だが、館野もまた舎弟から尊敬されているのだ。

杉原が退室してしばらくすると、縁側の廊下から足音が聞こえてきた。

「おお、アキちゃん。遅れてすまなんだな」

背広姿の溝口が障子を開けて入ってきた。噂をすればなんとやらで、後ろには館野の姿も見える。館野は部屋には入らず、無表情に秋津を一瞥しただけだった。

「着替えてくるから、もうちょっと待っててや。秀二、ワシが戻ってくるまで、アキちゃんの相手しとけ」

館野の返事も聞かず、溝口はスタスタと奥に消えてしまった。

久我の情人の顔など見たくはないだろうに、館野は迷いもなく秋津の前に腰を下ろした。

館野にとって溝口の言葉は絶対なのだろう。

無表情な顔で庭を眺めている館野が、秋津の視線に気づき眉をひそめた。

「俺の顔になんかついてるんか」

静かな声だった。久我には挑《いど》むような口調だったが、本来はこういう落ち着いた話し方をする男なのだろう。

久我とは反目し合っているが、本心はどこにあるのか。

どうしても知ってみたいと思った。

「……館野さんは久我のことをどう思っていらっしゃるのでしょう」

秋津のいきなりの質問にも、館野は表情を変えなかった。

「なんでそんなこと聞くんや」

「館野さんの率直《そっちょく》なお気持ちを知りたいだけです」

こうやって館野とふたりきりになれたのは、タイミング的にいい機会かもしれない。

「俺の気持ちを知ったところで、お前に何ができる。久我と俺のこじれた関係は、そう簡単に修復でけへんぞ」

そうだろうか。館野は久我よりも冷静な男だ。久我さえ館野を立てることができれば、ふたりの険悪なムードは緩和《かんわ》されるような気がする。

「久我がそんなにお嫌いですか？」

「嫌いやな。俺も長いこと、この世界で生きてきたけど、あれほど生意気な男は初めてや」

「性格に多少の問題があることは、俺も同意します。ですが、もしも久我が自分の味方だったとしたら、館野さんはどう感じられますか？」

館野は秋津を冷ややかな目で見た。

「どういう意味や？」

「極道としての久我はどういう男でしょうか。取るに足りない相手なんでしょうか？」

館野はそっぽを向いて、小さな息をついた。

「いやらしい聞き方をする男や。……俺かて久我の力は認めてる。あいつの持ってる統率力や決断力は半端やないからな。極道としての資質は相当のもんやろう。そやけど、その資質に人間としての資質が追いついてへん」

秋津は内心で驚きを禁じ得なかった。館野は頭ごなしに久我を否定しているわけではないのだ。感情に流されず、久我のいい部分と悪い部分を冷静に見極めている。

館野の優れた人間性を垣間見て心が決まった。秋津は笹沼の一件を話すことにした。

「……先週、久我が匕首を持った男に襲われました」

「何？　どこの組の仕業や？」

館野の目は険しくなった。若頭の久我が襲われたということは、同時に溝口組も喧嘩を売られたということだ。館野にとっても聞き過ごせない話だろう。

「久我を襲ったのは素人の青年でした。ある男に脅されて犯行に及んだそうです。青年を脅した男の名前は、笹沼保夫。――あなたの舎弟です」

館野の顔には、はっきりとした驚愕《きょうがく》が浮かんでいた。やはり何も知らなかったのだ。

「アホ言うな。笹沼がそんなことするはずがない。あいつは極道ちゃうぞ」

「本当です。あなたに敵対する久我が憎かったようです。お疑いでしたら、これを」

秋津は背広の内ポケットから、笹沼の免許証を取りだした。伊久美から念のために預かっておいたものだった。

「俺は笹沼さんに直接会って、真相を問い質しました。笹沼さんは自分が命令したと認めました」

笹沼の免許証を見て、館野もやっと秋津の言葉を信じる気になったらしい。反論もせず、愕然《がくぜん》とした様子で免許証を瞠視《どうし》している。

「笹沼は……？」

「すでに解放しています。うちの伊久美が少々手荒な真似をしたようですが、命に別状はないはずです。……久我はこの事実を知りません」

「どういうことや？　なんで久我が知らんのや」

館野は怪訝な顔つきで秋津をにらんだ。

「久我に言えば、館野さんの仕業だと思います。身内同士で争《あらそ》うようなことになって欲しくない。久我と館野さんが戦って、いいことなどひとつもないでしょう？」

秋津がさらに言葉を続けようとした時、縁側から足音が聞こえてきた。溝口が戻ってきたのだ。

「遅なってすまんな。着替えてる途中に、電話が入ってしもた。秀二、もうええぞ」

館野は気がかりそうな様子だったが、立ち上がった。

「ほな、俺はこれで失礼します」

「お疲れさんやったな。お前が同行してくれたおかげで、助かったわ」

「いえ。いつでも声かけてください。どこにでもお供させてもらいますよって」

館野は一礼して帰っていった。

「どこかにお出かけでしたか？」

「昨日から四国《しこく》の香川《かがわ》に行ってたんや。長いこと続いた抗争事件がやっと収まってな。手打ち盃に仲介人として立ち会ってきたんやけど、えらい疲れたわ」

抗争終結の手打ちの儀式には、両者の間を取り持つ仲介人が立ち会うらしいが、この役目は大物でなくては務まらない大役だと聞く。溝口ほどの親分になると、きっとこういう頼まれごとは、珍しくもないのだろう。

「そうでしたか。お疲れのところにお邪魔して、申し訳ありません」

今日の溝口はさすがに疲労を感じさせる顔をしていた。顔色が優れない。

「ええんや。大事な話なんやろう」

杉原がまたお茶を持ってやって来たので、秋津はふたりきりになるのを待ってから口を開いた。相談したかったのは、さっき館野にも話した笹沼の一件だった。久我には言えないが、かといって自分ひとりの胸に納めておくには問題が大きすぎる。

秋津がすべてを話し終えると、溝口は大きな溜め息をついた。

「そうか。そんなことがあったんか。笹沼は極道の下積みはないけど、秀二のことを昔から実の兄貴みたいに慕ってる男や。行きすぎた忠義で、柄にもない真似したもんや」

「館野さんには、何か処分をくだされるお考えですか？」

「管理不十分で小言くらいは言うとこか」

「それだけですか？　久我は一歩間違えれば、殺されていたかもしれないんですよ」

秋津の非難を含んだ口調に、溝口は苦笑を浮かべた。

「ワシかて仁一郎のことは可愛い。けどな、秀二のことも同じだけ可愛い。どっちもワシの大事な子供や。子供の喧嘩で片方だけ咎《とが》めるわけにはいかんやろ」

溝口は久我にも問題があると言外に匂わせている。

「久我が襲われたのは、自業自得《じごうじとく》だとおっしゃいますか」

「そこまで言うてへん。そやけど、あれがもう少し上手く立ち回ってたら、こういうことにはならんかったはずや」

溝口が渋面《じゅうめん》でお茶を啜《すす》る。秋津は思いきって尋ねた。

「無礼を承知でお伺《うかが》い致します。溝口さんは誰に跡目を継がせようとお考えですか」

溝口は湯飲みを座卓に戻し、秋津をにらんだ。

「それはあんたが口を挟んでええ問題とちゃうやろ」

「口など挟む気持ちはございません。ただ、もし久我に跡目を相続させるお気持ちがあるのでしたら、せめて久我にだけはそのお気持ち、漏らしてやっていただくことはできないでしょうか」

溝口は考え込むような顔つきで顎を撫でた。

「アキちゃんは、それが予防線になると思うんか？」

溝口は自分の言いたいことを察してくれている。秋津は強く頷いた。

「はい。今回の件が久我の耳に届いたら、久我はきっと黙ってはいません。ですが、溝口さんが次期組長を自分に決めていることを知れば、無用な争いは避けるために怒りを抑えてくれるかもしれません」

次期組長になるとわかっていれば、久我も身内と戦争を起こそうとはしないだろう。秋津はそれを期待しているのだ。

「けどな、アキちゃん。ワシが仁一郎が後継者やと言えば、黙ってへん相手もおるんや。そっちから火の手が上がる可能性も考えてくれ」

自分のひと言が戦いの引き金になるとわかっているから、溝口も慎重《しんちょう》になっているのだ。

「ワシは周囲の反対を押し切って、仁一郎を若頭に据えた。仁一郎に期待したからや。あれもよう頑張った。最初は納得してへんかった幹部連中も、今では半分があいつの味方や。けど残る半分からも信頼を得られんうちは、三代目を継がせることはでけへん」

溝口は疲れたように首を回した。今回の遠出は、老体にはかなりこたえたようだ。

「あいつはほれ、態度がえらそうで、見るからに生意気やろう？　誰かて最初はなんちゅう鼻持ちならん男やと感じるねん。ワシも最初は、こいつはものすごい傑物《けつぶつ》か、どうしようもないドアホウのどっちかやと思たからな」

「同感です」

秋津が頷くと、溝口は「そうやろう？」と笑みを浮かべた。

「仁一郎は噛めば噛むほど味が出るスルメと同じや。知れば知るほど魅力がわかるし、つき合えばつき合うほど器の大きさも実感できる。問題は自分に味方せえへん者には、まったく情をかけへんところや。すべての人間を敵か味方かで区別しよる」

確かにその通りだと秋津も思った。自分を慕ってくる者には優しいのに、刃向かってくる相手には容赦ない。

「仁一郎は極道としては頼もしいけど、人間としてはまだこれからの男や。自分を認めへん幹部や兄貴分に腹立てる気持ちもわかるけど、強情一辺倒やのうて、相手を尊重する殊《しゅ》勝《しょう》な心がけも持たなあかん」

溝口も久我の人間的な成長を望んでいるのだ。だからこそ、あえて責任ある若頭のポストを与えたのかもしれない。

「ワシかて、そろそろ答えを出さなあかんとは思てる。けど波風立たんよう、ことを収めるんは至難の業やねん」

跡目相続に一番頭を痛めているのは溝口なのだ。可愛い子供たちを争わせたくない。そんな親心ゆえ、決断ができないでいるのだろう。親の心子知らずとはこのことだ。

「なあ、アキちゃん。仁一郎のホンマの苦労はこれからや。外側の敵なんぞ、正直言うてたいしたことあらへん。内側の敵こそホンマの試練《しれん》やねん。怒りに任せて叩き潰せば、自分の足元を崩すことになるからな」

溝口の言葉に秋津も考え込まずにはいられなかった。一体どうすれば事を荒立てずに、久我が三代目を襲名することができるのだろうか。

「秀二も仁一郎が生意気すぎるから、意地になってるんやろう。秀二と仁一郎がきちんと理解し合えて手を結ぶことができたら、溝口組も安泰《あんたい》やねんけどなぁ」

溝口がぼやくように吐き出した言葉に、秋津はひと筋の光明を見出した気がした。

「秋津。お前、一体何をやってるんだ？」

　夜遅くに帰宅した久我は、リビングに入って来るなり秋津を問い質した。

「何って？」

　秋津はソファで紅茶を飲みながら、久我の険しい顔を見上げた。

「今日、オヤジの家に行ったそうだな。理由を言え」

「たいした用事じゃない。この前、別荘に同行できなかったから、お詫《わ》びに伺っただけだ」

「ごまかすな。そんなことでわざわざオヤジに会いに行くわけがねぇ」

「疑い深い男だな。本当にただ一緒にお茶を飲んで世間話をしただけだ。帰りに四国土産のうどんをもらった。食うか？」

「いらん」

　久我は不機嫌を露《あら》わにして、秋津の向かいにドサッと腰を下ろした。

「お前は何をこそこそ動き回ってるんだ。この前の健児とかいう素人の件もそうだ。あの夜、伊久美や迫村を連れてどっかに行ったそうじゃねぇか」

「健児に命令した相手を捜しに行っただけだ。結局、見つからなかったがな。伊久美さんだってそう言ってただろう?」

「ああ。でもなんか様子が変だ。……お前ら、俺に何か隠し事してねぇか」

さすがにこういう部分では勘がいい。秘密の匂いを嗅《か》ぎ取る嗅覚《きゅうかく》だけは野生並だ。

「何もないよ。それより、お前に聞きたいことがある」

久我はネクタイを解きながら、「なんだ」と秋津をにらんだ。

「お前は溝口組の跡目は、誰が継ぐと思っているんだ?」

「はあ? いきなりなんの話だ」

秋津の唐突な質問に、久我が大袈裟《おおげさ》に顔をしかめる。

「いいから答えてくれ」

「そんなのは決まってるだろう。この俺だ」

久我は迷いもなくきっぱり断言した。

「でもそれを決めるのは溝口さんだろう。もし溝口さんが館野さんを三代目に決めたら、お前はどうするつもりなんだ」

久我の考え次第で、この先の展開は大きく違ってくる。内紛《ないふん》を起こすのかグッとこらえるのか、そこをどうしても知りたかった。

だが久我の答えは、どちらでもなかった。

「その時は溝口組を抜けて、自分の組を持つ」

「なんだって……？」

予想外の言葉に秋津は呆気に取られた。

「自分の組を持つのはわかるが、別に溝口組を離脱《りだつ》する必要はないだろう？」

「ある。館野が組長になったら、俺はあいつの舎弟に直るんだ。よほどのことがなけりゃあ、次に溝口組を継ぐことはできねぇ。自分で組を持ってどれだけ頑張っても、俺の上にはずっと館野がいて、溝口組系の誰それという看板をぶら下げていくしかねぇんだぞ。だったら俺はどこにも属さないで、てめぇの力で組織をでかくする」

「お前のその途方もない自信は、どこから来るんだ」

溝口組を抜ければ、当然、清和会の傘下でもなくなる。大手組織の名前は一種のブランドだ。名前をちらつかせるだけで一般人はひれ伏してしまう。逆にいえば名前を聞いたこともないような暴力団では、日々のシノギさえもままならないということだ。

新しい組織を立ち上げ、いちからまたスタートするという久我の潔さと気概《きがい》は、秋津もたいしたものだと思う。久我がただのヤクザなら、それもまた立派な選択だろう。

だが、久我は違う。この男には目指している場所がある。日本の極道界という巨大なピラミッドの頂点。そこに立つことを目標にしているのだ。

それなのに、くだらない見栄を優先させるために、自分で小さなピラミッドをつくってどうする。そんなものは、ただの自己満足でしかないはずだ。

秋津は久我に目を覚まして欲しくて、あえてきつい言葉を投げつけた。

「お前がそこまで馬鹿だとは思わなかったよ」

「なんだと?」

凄む久我を冷たく見返し、秋津はドンとテーブルを叩いた。

「お前は極道のてっぺんを目指しているんじゃなかったのかっ? 俺に言ったことは嘘だったのか?」

「嘘じゃねぇ。本気だ。……お前はなんで怒ってんだ?」

「だったらよく考えてみろ。今の日本で極道の頂点といえば、清和会会長の座だ。お前の目指す場所もそこじゃないのか?」

「別に清和会会長にならなくても、てっぺんは目指せる」

冗談ではなさそうな言い方だった。秋津は久我の自信に満ちた顔から目を背《そむ》け、勢いよく立ち上がった。

「話にならない。もし本気でそう考えているなら、お前は本物の大馬鹿だ」

秋津が寝室に入ると、久我も後を追ってきた。

「おい、秋津。あんまり俺をコケにするなよ。俺だっていろいろ考えて――」

「考えた結果がそれなら、お前はどうしようもない男だよ。自分ひとりの力で、清和会を超える組織をつくれると思っているのか。仮にできたとしても、一体何十年後の話だ」

秋津は久我を振り返った。

「お前はもっと謙虚《けんきょ》にならないと駄目だ。自信があるのはいいことだが、自信と傲《おご》りは違うものだろう。上からの目線で他人を見下してるうちは、組長になんかなれないぞ」

言いすぎている自覚はあった。だが、久我に苦言を呈《てい》するのも自分の役目だ。自分にしかできないことなら、疎まれるのを覚悟で言うしかない。

「一度、館野さんと話し合ってみろよ。あの人がお前を認めてくれたら、お前の跡目相続だってスムーズに行くだろう」

「無駄だ。館野は俺のことを頭から馬鹿にしてやがる。俺が頭下げたところで、毛嫌いしてる相手を認めるはずがねぇ」

「へえ。お前も一応は館野さんに頭を下げてもいいと思っているのか。見直したよ」

秋津は揚げ足を取るように、すかさず突っ込んだ。一瞬、久我はどう答えようか迷ったみたいだが、秋津に器の大きさを示したかったのか、「必要ならな」と頷いた。

「けど、館野は俺と話し合ったりしねぇぞ。後ろに室部もついてるんだ。徹底的に俺と対抗する気構えでいるはずだ」

双方とも相手が自分に頭を下げる気はないものと思い込んでいる。歩み寄りの姿勢がまったく見られない今の状況では、ふたりの悪感情が収まることはないだろう。

「久我。お前のよさは上辺だけじゃわからない。溝口さんもそう言っていた。だからこそ、館野さんとはじっくり腹を割って、本音で話し合うべきだ。それがお前のため――」

「もういい。疲れて帰ってきてんのに、家の中で説教なんか聞きたくねぇ」

久我は苛立った様子でベッドに腰を下ろしたが、秋津はまだ言葉を続けた。

「このままだと、溝口組はふたつに分かれてしまう。丸く収まるかどうかは、お前の手腕《しゅわん》にかかっているんじゃないのか？」

「秋津。それ以上言うな」

久我が鋭い声で制止した。

「お前が組の内情まで心配する必要はねぇ。黙って俺についてくればいいんだよ」

秋津の顔が強ばった。

「それは余計な口出しはするなという意味か？」

「よくわかってんじゃねぇか。お前は俺の女だろうが。俺を支えたいという気持ちは嬉しいが、出過ぎた真似はするな」

出過ぎた真似――。

頭を殴られたような強いショックを受けた。自分のしていることは、久我にとって無意味だというのか。

久我に自分の存在を頭から否定された気分だった。

にわかに足元がぐらついてくる。自分の覚悟は、久我には伝わっていなかったのか。ただ一緒にいたいから、今の生き方を選んだと思われているのではないか――。

「そんな怖い顔すんな。……こっち来いよ」

久我が声をやわらげ、秋津の腰を抱いてくる。

「ややこしい話はもう終いだ。組の問題で俺とお前が喧嘩したって、しょうがねぇだろう」

ベッドに連れ込まれそうになったが、秋津は久我の腕を振り払った。

「やめろ。真剣に話しているんだぞ」

「俺だって真剣だ。真剣にお前を抱きてぇと思ってる」

強く腕を掴まれ勢い余ってベッドに倒れ込むと、久我がすかさず体重をかけてのしかかってきた。

「やめろ、久我」

「やめねぇな。大人しく俺に食われろ」

胸を押しても、臑を蹴飛ばしても、久我は止めようとしなかった。セックスにさえ持ち込めば、秋津のやかましい小言を聞かなくて済むと思っているかもしれない。

「暴れんな、秋津。ここはベッドの中だぞ。もう俺の女に戻る時間だろうが」

久我がシャツのボタンを外しながら、首筋に顔を埋めてくる。熱い唇で肌を嬲《なぶ》られ、秋津は諦《あきら》めの吐息をついた。

どうして久我はいつもこうなんだろう。腹が立つよりやるせなくなる。焦るまいと思っていたが、根本的な部分で見解の相違がある限り、このままではいつまでたっても平行線な気がしてきた。

「……久我。俺はお前に抱かれるためだけに、今の生き方を選んだんじゃない」

独り言のように呟くと、久我が動きを止めた。

「お前に抱かれるだけの存在で、俺が満足できると思うのか？」

「俺はお前の意志を尊重しているつもりだぞ」

傷ついた顔で久我が溜め息をつく。

「お前が俺の仕事を手伝いたいと言うから、それを許した。本当なら、俺はお前にこっちの世界のことにかかわって欲しくなかったんだ。どこのどいつが、自分の女に危ない真似をさせたがる？」

「それはわかっている。お前はいつだって俺のことを想ってくれている。だけど、それは自分のイロとしてだろう。——もし俺が、お前ともう寝ないって言ったらどうする？」

久我が驚いたように身体を起こした。

「何言ってやがる。最初に約束したはずだぞ。お前がどういう立場になっても、夜だけは俺の女に戻るってな。忘れたのか？」

「忘れてない。たとえばの話だ」

ホッとしたように久我が肩を落とした。

「心臓に悪いこと言うなよ」

「どうなんだ？　イロじゃなくなった俺は、必要がないから捨てるのか？」

久我は心底疲れ果てた顔をして首を振った。

「秋津。なんだってそんな、あり得るはずもない与太話《よたばなし》をするんだ」

「お前が俺の気持ちをわかってくれないからさ。俺は男としてお前に必要とされたいんだ。もし俺が『女』でいるから頼りにならないというなら、俺は女の部分を捨ててもいいと思ってる」

「……それは、俺のイロをやめるってことか？」

久我は信じがたいものを見るような目つきで、秋津を見つめた。

「そうだ。俺の本気をちゃんと受け止めてくれないのなら、その方法しかないだろう」

久我は秋津から顔を背け、「だったらよ」と低い声で呟いた。

「逆に聞くけどな。俺が男のお前はいらねぇって言ったら、お前はどうする？」

胸の奥がズキッと痛んだ。そんなことを聞かれても、すぐには答えられない。

久我にもういらないと言われる。不要だとばっさり切り捨てられる。想像すると、震えるほどの不安が湧いてきた。

久我を失ったら生きてはいけない。秋津は本気でそう思っている。

だが、不安に負けるわけにはいかない。捨てられるくらいなら、女のままでいいと言ってしまえば、これから先、久我と対等の位置に立てなくなる。愛されて守られるだけの、本当の女になってしまうのだ。

「お前が男の俺はいらないというなら、俺はここを出ていく。自分を必要としていない相手と、一緒に生きていくことはできないからな」

本音ではなかった。何があろうと、秋津は久我から離れたりしない。一生を共にすると決めたのだ。それでも今は久我にわかってもらうために、こう言うしかない。

「そんなこと許さねぇぞっ」

怒鳴《どな》るような声で久我が言った。秋津も負けてはいなかった。

「お前が許す許さないの問題じゃない」

久我が手を振り上げた。ぶたれると思ったが、秋津は毅然《きぜん》と顔を上げて逃げなかった。殴られようが譲れないものがある。久我のためではなく、自分のために守るべきものがあるのだ。秋津にとって久我の隣は、何があっても失えない場所だった。だがそれは、ただ隣にいられればいいというものではない。

「お前はなんで俺の気持ちをわかってくれねぇんだ……？」

久我が手を下ろし、力尽きたようにうなだれた。

可哀想だと思ったが、秋津にとってもここが正念場《しょうねんば》なのだ。人間関係というのは、時として戦いだ。自分が望むポジションを勝ち取るためには、相手と争うこともある。久我を愛している。誰よりも深く。だからこそ、この戦いには負けられない。

久我がベッドから立ち上がった。

「久我？」

「向こうで寝る」

寝室を出て行こうとする久我の大きな背中は、完全に秋津を拒《こば》んでいた。

惚れている相手に、愛情以外のものをよこせと言われ、久我も混乱しているのだろう。こんなに愛しているのに、何が不満なんだという怒りもあるに違いない。

秋津はベッドの上に転がったまま、目を閉じて考えた。

自分の本気を突きつけることで、凝り固まった久我の意識が変わればいいと思ったが、口でどれだけ男としての自分を認めてくれと言っても駄目なのだ。久我のような男には、行動で示して理解を得るしかない。

自分が今、取るべき行動はなんなのだろう。久我のためにできること。自分にしかできないこと——。

頭の中に、今日会った館野の顔が浮かんできた。館野の心を動かすことができれば、この膠着《こうちゃく》した状況を変えられるのではないだろうか。

どうすればいい？　どうすることで、現状を変えられる？

煩悶《はんもん》しながら、秋津は身体を起こした。

悩んでいても事態は進展しない。迷うだけ時間がもったいない。まずは行動あるのみだ。

秋津は携帯を手に取った。

「伊久美さん？　相談したいことがあるんだけど、少しいいか」

6

「秋津さん。ホンマに行くんですか?」

灯がともり始めた街並みを眺めていると、運転席の裕樹が不安げな顔で振り返った。

「ああ。そのために来たんだからな」

「怖いなら、お前は車に残ってもええぞ」

助手席の伊久美がボソッと呟いた。

「いえ、お供しますっ」

裕樹が慌てて答えた。心外だとばかりに、その顔は少しムッとしている。

先日、健児の事件の時に使用した黒いワゴン車で一行がやって来たのは、堺筋本町《さかいすじほんまち》にある溝口組の事務所だった。ここの事務所は館野が任されている。

久我と話し合ってくれるよう、館野に直談判《じかだんぱん》したい。そんな相談を持ちかけられ、最初は難色《なんしょく》を示していた伊久美だったが、秋津が必要性を熱心に訴えると、最後には自分も同行すると言いだした。頭を下げる人数は多いほうがいいだろうと言われ、秋津は伊久美の申し出を受け入れた。

外に出ていた迫村が車に戻ってきた。

「館野さんのＢＭＷ、駐車場にありました」

「そうか。そしたら迫村は運転席で待っとれ。三十分して俺から連絡がない時は、オヤッサンに電話するんや。わかったか？」

「はい」

伊久美は首を曲げ、秋津に横顔を見せた。

「秋津さん。念のため、チャカ持たせてください」

「駄目だ。喧嘩をしに行くんじゃない。話し合いに、拳銃なんて必要ないだろう」

「こっちはそうでも、向こうはどう出てくるかわかりません。俺には秋津さんをお守りする義務がある。万が一のことがあったら、仁さんに顔向けできません」

伊久美の心配はわかる。今にも戦争が起きそうなほど険悪な相手のところに乗り込んでいくのだ。何が起こるかは予想できない。

「だったら、俺ひとりで行くよ。俺だけなら、向こうもそう警戒はしないだろう」

秋津が本気で言っていることを知り、伊久美は渋々丸腰で同行すると答えた。

秋津と伊久美と裕樹の三人はワゴン車を降りて、少し先にある事務所に向かった。久我のところも同じだが、暴力団対策法で看板や代紋《だいもん》を掲示することはいっさい禁止されているので、一見するとなんの事務所かまったくわからない。

「俺の我が儘につき合ってもらって、本当にすまないと思ってる」

伊久美と裕樹は同時に首を振った。

「我が儘やなんて思てません。これは仁さんのためにされることでしょう」

伊久美の言葉に励まされ、秋津は事務所のドアの前に立った。

「伊久美さんやないですか。なんのご用ですか？」

インターフォンを押す前に、ドアが開いてパンチパーマの男が顔を覗かせた。監視カメラが設置されているので、三人に気づいて素早く応対に出てきたのだろう。

「館野さんに会いたい。取り次いでもらえんか」

「お約束でもされてましたか？」

「約束はしてへん。大事な話があるから、ここ通してくれ」

男は警戒するように目をすがめた。

「そうは言うても、館野の兄貴は約束のない相手とは会わんことに――」

「ごちゃごちゃ抜かすなっ」

伊久美が一喝《いっかつ》すると、男は「ひっ」と首をすくめた。

「俺は仁さんの代理で来てるんや。頭《かしら》の顔を潰す気か」

「す、すんまへん。どうぞ中に……っ」

久我の名前を出されては、男も引き下がらずを得なかったようだ。ドアを開けて、事務所の中へと三人を案内する。中には目つきの悪い三人の組員がいた。頭は下げてきたが、どの男も棘《とげ》のある目をしている。

「ちょっと待っててください」

男は内線電話の受話器を持ち上げ、伊久美が来ていることを報告し始めた。相手は恐らく舘野本人だろう。電話を切ると、男は卑屈な目で伊久美に話しかけた。

「伊久美さん。えらい申し訳ないんですが、ちょっと身体触らせてもらえますか？」

「身体検査か。同じ組の人間に、えらい仕打ちやのう」

伊久美は不満そうだったが、秋津は「いいじゃないか」と取りなした。

「どうぞご自由に。三人とも何も持ってませんから」

秋津が促すと、組員たちは武器を隠し持っていないか念入りに手を動かした。全員丸腰であることがわかり、やっと二階へと案内される。

「なんや。久我の男妾も一緒か」

舘野の部屋には予想外の人物がいた。応接用のソファに短い足を広げて座っているのは、舎弟頭の室部だった。

「……出直しますか？」

そっと伊久美が耳打ちしてきたが、秋津は「構わない」と答えた。ふたり揃った場で話ができるのは、またとないチャンスかもしれない。

「何こそこそ話しとんのや。伊久美、どういうつもりや。秀二のとこに何しに来た」

「用事があったのは俺です。どうしても館野さんと直接話がしたかったもので」

秋津が口を開くと、室部の向かいに座った館野が眉間にシワを寄せた。

「笹沼の件で文句を言いに来たんか？」

ごく静かな声で尋ねてくる。

「いいえ。そのことではありません。俺のような立場の人間がこんなことを言うのは、差し出がましいことだとよくわかっています。ですが、どうしても館野さんにお願いしたいことがあります」

「なんや、今度は秀二のイロにしてくれ言うんか。尻の軽いオカマやな」

室部が茶々を入れてきても、秋津は館野の目だけを見つめた。

「言うてみい」

館野は感情の読めない表情で答えた。

「はい。――一度、久我と話し合いの場を、設《もう》けていただくことはできませんか？」

秋津の頼み事を聞いて、館野の頬がピクリと動いた。

「どういうことや」

「久我と館野さんは、これから溝口組を担っていく双璧《そうへき》です。ですが今のふたりは相手をいたずらに疎んで、協力し合う意志を持っていないように見受けます。ろくな対話もないまま、ただ反発しあっているだけでは、事態は改善しないのではないでしょうか」

館野は口元を歪め、蔑《さげす》んだように秋津を見上げた。

「久我の入れ知恵か。俺を丸め込むのに自分のイロを使うやなんて、ふざけた男や」

「違います。久我は何も知りません。俺は自分の判断で館野さんに会いに来たんです。どうか、この通りです。一度でいい、久我と腹を割って話し合ってください」

秋津が頭を下げると、伊久美と裕樹も両脇で同じ姿勢を取った。

「……秋津、いうたか。お前はなんもわかってへんみたいやな。必要なんは話し合いと違う。久我の詫びや」

「詫び？」

「そうや。極道にはな、昔から通さなあかん筋というものがあるんや。そやのに久我は、自分勝手な態度でやり放題や。ああいうむちゃくちゃな男に、溝口組は任せられへん」

淡々とした声を聞いていて、館野には何がなんでも組長になろうという気持ちはないように思えてきた。もちろん個人的好悪の感情はあるだろうが、館野は溝口組の将来を考え、今の未熟な久我に組長の座は渡せないと考えているのではないだろうか。もしそうなら、久我の態度次第で関門は突破《とつぱ》できる。

「久我がこれまでのことを反省して、館野さんにきちんと頭を下げられたら、話し合いの席に着いていただけますか？」

「そうやな。あの男にそんな殊勝な真似ができるんやったら、考えてもええ」

「秀二、何言うてんのやっ」

室部が顔色を変えて、館野に嚙みついた。

「あんなけたくそ悪い男と、今さら話し合う必要なんかない」

室部は秋津に視線を移し、憎々しげに「そこのオカマ」と言い放った。

「いらんことばっかり抜かしおって、お前は何様やっ。人に頼み事すんのに、相手の頭の上から物言うな。失礼にもほどがあるわ」

室部の言うことはもっともだと思い、秋津は床に膝をついた。

「では、あらためてお願いいたします」

伊久美と裕樹もやはり秋津に倣《なら》い、さっと両膝を折った。

「久我には必ず頭を下げさせます。ですからこれからの溝口組のためにも、どうか久我とじっくり話し合ってください。お願いいたします」

床についた手の甲に、秋津は額を押し当てた。館野の返事を待って同じ姿勢を保ってい
たが、先に口を開いたのは室部だった。

「なかなか健気やのう。相手がオカマでも、そこまで惚れ込まれたら、久我も男冥利《おとこみょうり》につ
きるやろ」

やけに優しい声に嫌なものを感じた。

「そやけど土下座《どげざ》くらいやったら、誰でもできる。ここはひとつ、お前の本気さを態度で
示してもらおか」

秋津は頭を上げ、室部を見上げた。残忍《ざんにん》な笑いを浮かべている。

「何をすればいいんでしょうか」

「今この場で、エンコ落としてみせえ」

背後で裕樹の息を呑む気配がした。

「エンコてわかるか？」

ククと笑い、室部がゆっくり立ち上がった。

「指のことや。お前かてヤクザが詫び入れる時に、指詰めることくらい知ってるやろ？

けど謝罪やのうて、場合によったら誠実の証として、相手に落とした指を差し出すことも

いるようだ。

室部は床に敷かれた絨毯をめくると、床の一部を持ち上げた。下が隠し収納庫になって
あるんやで」

室部が黒い布袋から取りだしたのは、全長三十センチほどの白鞘の匕首だった。

「これ使え。小指でええわ」

「口先だけやない、男としての誠意を見せせんかい」

「秋津さん。帰りましょう」

伊久美が不意に立ち上がって秋津の腕を引いた。

「こんな馬鹿げた遊びに、つき合うことはありません」

「なんやと、伊久美。もういっぺん言うてみいっ」

室部に凄まれても、伊久美は動じなかった。それどころか、火の吹き出そうな激しい目
でにらみ返している。

「何回でも言わせてもらいます。これはただの悪趣味です。ヤクザやない人に指詰めろや
なんて、よう言えますね」

「じゃかあしいっ。そもそもヤクザでもないのに、こっちの世界にえらそうに首突っ込ん
で来たんは、この男やろうがっ」

室部はぎらついた目で、秋津に向かって匕首を放り投げた。

「はよエンコ詰めんかい！　それができたら、お前の望みを聞いたるわ。ワシが仲介人になって、責任持って久我と秀二の間を取り持ったる」

秋津は床に落ちた匕首を拾い上げ、鞘から刀を抜いた。二十センチほどの刀身には、わずかの曇りも見られない。

鈍《にぶ》い光を放つ刃先を見つめていると、室部が小馬鹿にしたように鼻息を飛ばした。

「ほら見てみい。このオカマにそこまでの度胸はないんや。これでようわかったか。半端な覚悟で極道おちょくったら、どないな目に遭うか――」

「わかりました」

「……なんやて？」

怪訝な顔で室部が聞き返した。

「俺の指でよろしければ、どうぞ受け取ってください」

「あ、あきません、秋津さん……っ」

裕樹が真っ青になって這い寄ってきた。

「そうです。早まったことはせんといてください」

伊久美も膝をついて、必死で言い募ってきた。秋津は「いいんだ」と微笑んだ。

「俺は自分から久我の住む世界に飛び込んだ男だ。郷《ごう》に入れば郷に従えというだろう。この世界のやり方で方をつけさせてもらう」

今の自分にはなんの力もない。目の前のことを、ひとつずつクリアしていくことでしか、先へは進めないのだ。久我に男として認めてくれと言った以上、自分もこの場所から逃げてはいけないと思う。

だがそう思う一方で、秋津は自分の本心に気づいていた。

これは男としての矜持《きょうじ》ではなく、そうすることで自分の居場所を守りたいという、追いつめられた者の悲愴《ひそうかん》感からの決意だった。

久我の隣こそが、秋津に残された最後の場所なのだ。何もかもを捨てて選んだ場所だからこそ、絶対に失えない。失うことなど恐ろしくて想像さえできない。だから本当は藁《わら》にも縋《すが》りつく思いでいる。ただただ必死なのだ。

久我のため、そして自分のため、秋津は決心したのだ。

「ほお。そらまた見上げた根性やのう」

意地悪く笑う室部を、秋津は冷たく睥睨《へいげい》した。室部の顔色が瞬時に変わる。

「なんや、その目はっ？　文句があるんやったら、はっきり言わんかいっ」

くだらない方法で人を試そうとしている男には、心底虫酸《むしず》が走った。

「ヤクザっていうのは、意外と楽な商売ですね」

挑戦的な瞳で秋津は吐き捨てた。

「なんやて？」

「たかが小指一本で何もかも方がつくなんて、今時、安すぎやしませんか？」

秋津が笑みを浮かべると、室部は顔を真っ赤にして叫んだ。

「えらそうなこと抜かすな！　ごちゃごちゃ言わんと、はよエンコ詰めんかっ」

秋津は背筋を伸ばし、室部を見上げた。

「室部さん。俺の小指一本にどれほどの価値があるのかはわかりませんが、約束は必ず守ってください」

「おう。男に二言はないわ。……まあ、ホンマにできたらの話やけどな」

室部は憤然とした態度でソファに腰を下ろした。館野はひとことも口を挟まず、ことの成り行きを見守っている。

床に左手を置こうとした時、薬指の指輪に気づいた。さり気なく抜き取り、背広のポケットに入れる。つまらない感傷《かんしょう》だが、この指輪だけは血で汚したくないと思った。

あらためて小指だけを伸ばして、床に手をつく。

「やめてくださいっ、そんなことしたら、仁さんが、仁さんが悲しみます……っ」

裕樹が震える声で懇願してくる。裕樹の赤い目を見て、一瞬だけ迷いが生じた。

悲しむだけではすまないだろう。あれほど深い愛情を持った男だ。自分のために秋津が指を失ったことを知れば、久我は自分を責めるに違いない。責めて責め抜いて、秋津を自分の住む世界に迎え入れたことを、死ぬほど後悔するはずだ。

小指一本くらい失っても構わない。久我のためなら惜しくはないのだ。しかし、自分がそうすることで久我は傷つく。苦しめることになる。

自分のエゴで久我を傷つけてもいいのか――。

自問自答しても、一度決まった心は変わらなかった。久我のためだとか、自分のためだとか、もうどうでもいい。今、重要なのは理由ではなく結果だ。

自分の行動が久我の次の一歩に繋がるのなら、小指くらい失っても構わない。

「裕樹。俺だってわかってる」

「そやったら、なんで……」

「裕樹、もうええ。秋津さんの邪魔したらあかん」

伊久美が裕樹の肩を押さえた。裕樹を止める伊久美自身も、苦しげな表情をしている。

「……きっちり見届けさせてもらいます」

伊久美の言葉にわずかな恐怖心は消え失せた。

痛みは永遠に続くものではない。時間がたてば血も止まるし、傷口もふさがる。

久我の心も同じことだ。このことで久我を深く傷つけてしまったとしても、その傷口は自分が治せばいいのだ。必ず治してみせる。

秋津は思いを定め、小指に匕首をあてがった。刃先が逃げないよう、柄《つか》の部分をしっかりと握り締める。

久我は自分を守ると誓ってくれた。秋津の人生に責任を持つと約束してくれた。その想いを踏みにじることになる。あの優しさを裏切ることになる。

――すまない、久我。

秋津は心の中で久我に謝罪してから、体重をかけるように前屈《まえかが》みになって、右手に力を込めた。

スッと息を吸い、柄を握った手を強く落とそうとしたその時――。

「秋津っ！」

乱暴にドアの開く音がしたかと思うと、部屋中の空気が震えるほどの大声が響き渡った。

「……久我？」

背後の入り口に久我がいた。肩で息をしながら仁王立ちしている。

秋津が握っている匕首を見た久我は、悪鬼《あっき》のような形相で歩み寄ってきた。

「貸せっ」

強引に秋津の手から匕首を奪い取ると、久我は切っ先をブンと振り回して、室部と館野の眼前に突きつけた。

「これはどういうことやっ？　なんで秋津が指なんか詰めようとしてたんや？　ええ？　俺にもわかるよう説明せえ！　叔父貴っ！」

今にも斬りかからんばかりの迫力で問い詰められ、室部は顔色を失っていた。

「お、落ち着け、久我……っ。話せばわかることや。そのドス引っ込めんかっ」

久我はテーブルの上にドンッと靴裏を載せ、室部に顔を近づけた。

「落ち着いてられるかっ。人の女に何しくさっとんのじゃっ。いくら叔父貴でもあんまり舐めた真似してたら、ワシかて何するかわからんぞ」

「アホ言うなっ。お前はワシを脅す気か……っ」

「脅しとちゃう。本気や」

「久我。ええ加減にせえ」

館野が静かな声で割って入った。

「秋津は叔父貴に脅されて、指詰めようとしたんやない。断ることもできたのに、あえて承知したんや」

「何……？」

久我が虚《きょ》をつかれたように瞠目《どうもく》した。

「秋津、今の話は本当か？」

「ああ。俺は自分の意志で指を落とそうとしたんだ」

「なんだってそんな馬鹿な真似――」

「アホ。全部お前のためやろう」

館野が立ち上がり、久我の手から匕首を奪い取った。秋津のそばまでやって来て、落ちていた鞘を拾い、カチンと刀身を収める。

「秋津は俺に、お前と話し合うてくれと頼みに来たんや。悪のりした叔父貴に、エンコ詰めたら仲介したる言われて、こいつは迷いもせんと指落とそうとした。お前のためやったら指の一本や二本、なんちゅうことないって顔してたわ。ホンマにええ根性しとる」

久我は呆然とした表情で、館野を凝視していた。

「秋津。お前の落とし損なった小指に免じて約束は守ったる。明日の夕方五時に、久我と一緒にオヤッサンのところに来い。オヤッサンには俺から事情を説明しておく。――ええな、久我。これが最初で最後の機会や」

7

走りだしたベンツの後部席で、久我は腕を組んだまま微動だにしなかった。

裕樹がハンドルを握り、伊久美は助手席に座っている。久我のたくましい体軀《たいく》から発散される怒りの気配に、車内の空気は重苦しい。

「……どうして俺の居場所がわかったんだ」

「お前らの様子が変だから、若いのに尾行《びこう》させていた」

久我は抑揚《よくよう》のない口調で答えた。

「そうか」

それきり会話は続かない。その後はマンションに着くまで、誰も口を開かなかった。

「伊久美、裕樹。そこに並べ」

部屋に入るなり、久我はふたりに厳しく言い放った。緊張した面持《おももち》ちで、伊久美と裕樹が久我の前に立つ。

久我は無言のまま、ふたりの頰を立て続けに張り飛ばした。本気の一発にふたりの上体が大きく揺れる。

「馬鹿野郎っ！　お前らがついていながら、なんだってあんなことになったっ」

「申し訳ありませんっ」

ふたりは深く頭を下げ、叫ぶように謝罪した。

「俺が一分でも遅れていたら、秋津の指はなくなっていたんだぞ。なんで止めもせず、黙って見ていたっ」

久我がまた手を振り上げようとしたので、秋津は咄嗟に腕を掴んだ。

「やめろ、久我」

「放せっ」

「放さない。ふたりを責めるのはやめてくれ。伊久美さんと裕樹は、俺の気持ちを汲んでくれたんだ。俺の気持ちを理解して、我慢して止めないでくれたんだよ」

久我は秋津の手を乱暴に振り払うと、持てあました怒りをぶつけるように、拳で部屋の壁を殴りつけた。鈍い音がして、壁がわずかに陥没《かんぼつ》する。

「お前は何かと言えば自分の気持ちって言うがな。なら、俺の気持ちはどうなるんだっ？」

久我は秋津の肩を摑んで強く揺さぶってきた。

「お前が俺のために指を落としたりしたら、俺がどんな気持ちになるかわからねぇのか？　お前は俺を傷つけても平気なのか？　俺が苦しんでも構わないっていうのかっ？」

久我は怒りながらも、秋津の指が本当に失われたかのように悲しげな目をしていた。

「お前をこっちの世界に入れたのは、やっぱり間違いだった。俺の判断ミスだ」

「久我……？」

「だってそうだろうがっ？　こんな真似をさせるために、俺はお前の覚悟を受け入れたんじゃねぇっ」

秋津はもの悲しい気持ちで久我を見つめた。

話せば話すほど、すれ違っていく。互いの気持ちが空回りして、言葉は相手の心を突き刺すだけの刃に変わる。

だけど言わなくてはいけない。ここで傷つけ合うことを恐れて黙り込んでしまえば、問題は何も解決しないのだ。

秋津は胸の中で久我に謝りながら、言葉を吐き出した。

「俺はお前を苦しめても構わないと思った」

久我は愕然とした表情で秋津から手を離した。ひどいことを言っているとわかっているが、嘘偽《うそいつわ》りのない本音を告げておきたかった。

「これくらいの苦しみ、お前なら乗り越えられる。乗り越えてもらわなきゃ困る。そう思っていたよ。——久我。お前が俺を守りたいと思うように、俺だってお前を守りたいと思っているんだ。だが俺の守り方は、お前を甘やかして大事にしてやることじゃない」

秋津は絞《しぼ》り出すような声で言い募った。

「久我。俺も必死なんだ。お前はそんなに頑張ることはないと思うかもしれないが、俺にとって今の生き方は毎日が戦いだ。早くお前に認められたい。お前の役に立つ男になりたい。そればかり考えている。なぜかわかるかっ？」

秋津はもどかしい想いをぶつけるように、拳で久我の胸を強く叩いた。

「お前が頂上を目指すと言ったからだ。その言葉を信じたから、俺はお前の支えになろうと決心した。あの言葉は嘘だったのか？　もしそうなら、この場ではっきり言ってくれ。そしたら俺ももう無理はしない。大人しくお前のイロとして生きていく」

久我は秋津の気迫《きはく》に呑み込まれたように、ゆっくりと首を振った。

「……嘘じゃねぇ。本心だ。俺は本気で頂上を目指してる」

「だったら、もっと自分に厳しくなれ。本気で今のままでいいと思っているのか？」

秋津は屹然《きつぜん》と顔を上げた。

「俺の考えをはっきり言っておく。お前が極道のトップに立てる方法は、ただひとつだ。溝口組三代目を襲名して清和会の組員になり、清和会の中でのし上がって若頭に選ばれる。それができれば、お前は清和会の次期会長候補だ。頂点の座に王手をかけられる」

久我は秋津の真剣な眼差しを、無言で受け止めている。

「お前は自分の力だけでのし上がっていけると言ったが、本気で頂点を目指しているなら遠回りはするな。どんな時も最短距離の道だけ見つめろ。他の道は逃げだと思え」

「秋津……」

「それと、いざという時は俺を弾よけにするくらいの覚悟を持つんだ。それくらいの非情さがなければ、お前はきっと途中で挫折する」

秋津は瞬《まばた》きもせず、久我の瞳だけを見つめた。

こんな気持ちはエゴだとわかっている。久我が望んでいないものを押しつけているのだ。それでも久我に自分の気持ちを受け止めて欲しいと思う。理解して欲しいと思う。

久我はなんの言葉も発しないまま、秋津に背を向けた。

「久我」

呼び止めると久我は足を止めたが、振り向かなかった。

「……出かけてくる」

「明日、溝口さんの家に行ってくれるよな」

久我は行くとも行かないとも答えず、部屋を出て行ってしまった。

「裕樹。悪いが久我についていてやってくれ」

「はい」

久我の後を追って裕樹が出ていくと、秋津はソファに腰を落とした。本当にこれでよかったのだろうかという不安が、肩の上にずっしりと重くのしかかってくる。

肘掛けに腕をついて目頭を揉んでいると、伊久美が熱いお茶を運んできてくれた。

「……伊久美さん。久我は明日、ちゃんと話し合いの席に着いてくれるだろうか？」

「仁さんは頑固《がんこ》ですけど、道理のわからん人と違います。信じましょう」

「そうだな」

秋津は伊久美が煎れてくれたお茶を飲みながら、小さく溜め息をついた。

「お疲れになりましたか？」

「少し。人とぶつかり合うって大変なことだな。俺は人と喧嘩するのが何より嫌いなんだ。だからずっと誰とも衝突《しょうとつ》せず生きてきた。争いごとにはできるだけ巻き込まれないよう慎重に――いや、事なかれ主義でやり過ごしてきたんだ」

子供の頃からそうだった。誰に強制されたわけでもないのに、無意識のうちにいい子でいよう、優等生でいようと努めてきた。

秋津は誰にでも人当たりがよかった。どんな相手にも等《ひと》しく優しかった。それは言い換えれば、誰のことも特別に好きではないということだった。

羽生にさえ、本当の気持ちをさらけ出せなかった。不満も不安も悲しみも怒りも、何もかもひとりで呑み込んで、抱かれることで心の空洞《くうどう》を満たそうとしてきたのだ。

考えてみれば、飾らない感情をストレートにぶつけられる相手は、久我が初めてではないだろうか。怒って怒鳴って、時に涙を見せ、久我にはありのままの自分で対峙《たいじ》できる。

「久我と一緒にいると、すぐ言い合いになる。頭にくるし苛々するし、正直言って疲れるけど、どうしてだろうな。不思議と嫌じゃないんだ」

「きっと仁さんも同じやと思います」

「そうかな?」

「はい。相手が憎うてぶつかり合うんは、ホンマに嫌なものです。けど相手を理解したい、相手に理解されたい、そういう気持ちでぶつかり合った時は、必ず後で何かが残る」

前向きな気持ちがあるのなら、ぶつかり合うことは無駄じゃない。伊久美はそう言ってくれているのだ。

「秋津さん。もしよかったら、今から気晴らしに飲みに行きませんか」

「今から?」

「はい。あの様子やったら、仁さん、今日は帰ってけえへんと思いますし」

秋津が落ち込んでいるので、伊久美は気をつかってくれているのだろう。確かにこのままでは、夜通しひとりで悩み続けてしまいそうだ。

「そうだな。たまには伊久美さんとふたりで飲むのもいいかもしれない。……でもカラオケは歌わないから」

酒の席では必ずと言っていいほど、伊久美に「一曲、どうですか?」とマイクを差し出されるので、先手を打っておいた。

「そうですか」

伊久美は残念そうな顔で頷いた。


ふたりがタクシーで向かったのは、心斎橋《しんさいばし》の鰻谷《うなぎだに》にある『KZ』というバーだった。久我の店で、経営は裕樹が任されているらしい。といっても本人は忙しいので、別に店長を雇《やと》っているという話だった。

薄暗い店内に入ると口ひげを生やした三十歳前後の男が、カウンターの中から「いらっしゃいませ」と挨拶してきた。

内装には赤レンガを使っていて、クラシカルな落ち着いた雰囲気を醸《かも》し出している。渋い大人のバーという感じだった。

ふたりはカウンター席に座り、ハイボールを注文した。

「伊久美さん、お久しぶりですね。こちらの方はお友達ですか?」

「仁さんの秘書やってる方で、秋津さんや」

「久我さんの? そうですか。私は店長の橋本《はしもと》と申します。久我さんには、いつもよくしてもらってます」

男は秋津に愛想のいい笑顔を向けた。ベストと蝶《ちょう》ネクタイ姿の、バーテンスタイルがよく似合っている。

「橋本さん。あいつは真面目にやってるか?」

「ええ。毎日頑張ってますよ。今、買い物に出てますわ」

誰のことだろうと思いながら、出てきたハイボールを飲んでいると、カウンターの奥から若い男が現れた。手にはビニール袋を提げている。

「遅くなりましたっ」

「お帰り。伊久美さん、来てるよ」

若い男は伊久美と秋津を見て、びっくりした表情で「あっ」と声を上げた。

秋津も驚いた。男は健児だったのだ。

「先日はお世話になりました。ホンマに感謝してます」

「どうしてここで働いているんだ？」

「伊久美さんが紹介してくれたんです」

そんなことはひとことも聞いていなかった。秋津が「教えてくれればよかったのに」と横目でにらむと、伊久美は眉間にシワを寄せて「はあ」と頭を撫でた。

健児はニコニコしながら、「実はですね」と話し始めた。

「あの翌日、俺、教えてもらってた伊久美さんの携帯に電話したんです。秋津さんに会わせて欲しいって頼みたくて」

「俺に？　どうしてだ？」

「秋津さんの舎弟にしてもらいたいと思ったんです」

「俺の舎弟……？」

驚く秋津に、健児は「そうです」と迫ってきた。

「秋津さんみたいな優しくてかっこええ人の下で働きたいって、本気でそう思いました。前におったスナックは、笹沼のせいでクビになってたんです。そやから絶対に秋津さんの舎弟になって、新しい人生を始めるんやと決心してました」

勝手に決心するな、と言ってやりたかった。思い込みの激しい男だ。

「そやけど伊久美さんに、秋津さんはヤクザと違うからあかんて断られました。むちゃくちゃショックやった。俺に兄貴はこの人しかおらんて思い込んでたのに」

姐さんの次は兄貴——。喜んでいいのか悲しんでいいのか、よくわからない。

その後は伊久美が説明してくれた。

「あんまり落ち込んでたんで、ちょっと可哀想になりましてね。ちょうど裕樹が人手を欲しがってたし、水商売経験者のシバケンやったら少しは使えるかと思って、ここを紹介してやったんです」

「シバケン?」

「橋本さんがつけたあだ名です。柴田健児やから、縮《ちぢ》めてシバケン」

「ああ、なるほど。てっきり柴犬《しばいぬ》に似てるからだと思ったよ」

「柴犬やなんて、ひどいです……」

健児が恨めしげに呟いた。

「でもよかったな。妹さんは元気か?」

「はい。おかげさまですっかり元気になりました」

健児の明るい顔を見ていると、こっちの気分まで軽くなる。

もしかして、と秋津は考えた。伊久美は元気になった健児の姿を見せたかったのかもしれない。秋津の取った行動で救われた男がいる。その事実をさり気なく伝えることで、励まそうとしてくれたのではないか。

「伊久美さん。ありがとう」

「なんのことでしょう」

とぼける伊久美に、秋津は首を振った。久我は本当にいい舎弟を持っている。

数組の客が入ってきて、店は急に騒がしくなった。店長の橋本と健児は、忙しく動き回っている。

「あれー？　そこにいてるんは、もしかして秋津さん？」

ひとりで入ってきた客が、秋津の名前を呼んだ。背の高いモデルのような二枚目だ。

「槙《しん》……？」

以前、久我のマンションで会った槙という男だった。

「久しぶりやなぁ。……あれ？　伊久美さんとふたりきりなん？」

槙は秋津の隣に座ると耳元に唇を近づけ、色っぽい声で囁いた。

「もしかして久我さんに内緒で浮気してんの？」

秋津はすかさず槙の頬をペチンと叩いた。

「いた。何すんの」

「くだらないこと言うな。それに誰が隣に座っていいと言った」

「ええやん。固いこと言わんといて。俺と秋津さんの仲やろう?」

槙はにっこり微笑み、店長にジントニックを頼んだ。

「誤解を招くような言い方はやめてくれ」

別に特別な仲ではない。槙とは単にセックスをしかけて、未遂に終わっただけの間柄だ。

久我は秋津に対する気持ちを確認するため、色事師の槙に秋津を抱けと指示した。他の男に抱かれている秋津を見て、どう感じるのか知りたかったらしい。嫉妬すれば秋津に惚れていることになると、単純に考えたのだ。まったくもって、はた迷惑な発想だ。

秋津は探偵の仕事絡みで、どうしても久我から入手したい情報があった。それで仕方なく久我の要求に従い、槙と寝ることを承諾したのだ。だが途中でヤキモチを焼いた久我に邪魔され、ふたりのセックスは未遂に終わってしまった。

「それより久我さんから聞いたよ。秋津さん、久我さんの秘書になったんやて? しかも同居まで始めたっていうやん。ホンマに驚いたわ。あれからふたりは俺の知らん間に、粛々《しゅくしゅく》と愛を育《はぐく》んでいたんやなぁ」

槙はメンソールの煙草に火をつけ、「ふふふ」と不気味に笑った。

「あのミナミの夜の帝王が、あの暴れん坊将軍さまが、年上の男に純情一途《じゅんじょういちず》に惚れ込むやなんて、人間どう変わるかわからんもんやねぇ」

槙はこれまでの久我の女関係をよく知っているのだろう。心から感心する口ぶりだった。

「……なんや浮かん顔やね。てっきり幸せの絶頂にいてるんやと思てたのに。もしかして久我さんと上手いことといってへんの？」

「そういうわけじゃない。ただ、一度できあがった関係を変えるのは、なかなか難しいもんだと思ってさ」

秋津はグラスを揺らしながら、暗くならない程度の口調で愚痴《ぐち》をこぼした。

「なんで関係を変えたいん？　今のままやったらあかんの？」

槙が耳に心地いい柔らかな声で尋ねてくる。さすがはプロの色事師だけあって、セックスだけではなく、相手の心を探ってくるのも上手い。

「前と同じでいたくないんだ。仕事面でも久我の力になりたいから」

不思議と素直な気持ちになり、秋津はさらっと答えていた。

「あいつは俺のことを、すぐ女扱いする」

「女扱いゆうても、それはあくまでも恋人って意味やろ？」

「そうだけど、自分の女だって言われるたび微妙な気分になるんだ」

槙はくすくす笑い、灰皿に煙草の灰を落とした。

「秋津さん、わかってへんなぁ」

「何が?」

「本物のヤクザにとって、自分の女は何よりも大事な宝やねん。遊びの相手に対しては、自分の女って言い方は絶対にせえへん。命懸けで守って大事にしたい、そう思える本気の相手のことしか、女呼ばわりはせんもんやで」

槙は微笑みながら、難しい顔をしている秋津を見つめた。

「こいつは俺の女やって言う時、内心では誇らしい気持ちでおるんよ。そう考えたら、ヤクザも可愛い人種やろ? 久我さんもそうや。こいつは俺のもんや、俺が守るべき宝物なんや、そんな気持ちから秋津さんを自分の女って言うんやと思うよ。決して秋津さんのこと、見下したり軽んじてるわけやない」

槙の言葉を聞いていると、自分が勝手にこだわって、過敏に反応していたのだろうかと思えてきた。

頭ではわかっていたのに、久我に守られるだけの自分が嫌で、どこかで卑屈になっていたのかもしれない。

「ヤクザは守るべき存在があってこそ強くなれるんよ。仁義《じんぎ》、代紋、義理人情、面子《めんつ》、それから自分の女。大事なものがあるから、俺が守るんやって発奮《はっぷん》できるねん」

秋津は目から鱗《うろこ》の心境で槙の言葉を聞いた。

守るべき存在があるから強くなる。自分がそうであるように、久我も同じなのだろうか。それなら秋津が守られる存在でいることも、時には必要なのだ。

さっき久我に自分も必死なのだと言ったが、本当にその通りだった。必死になりすぎて、完全に余裕をなくしていた。

久我に足りない部分があったとしても、そこを補うことも自分の役目ではなかったのか。なのに焦りすぎて、ただ欠点を直せと一方的に怒るばかりで、久我の気持ちを尊重しなかった。心に余裕があれば久我の自尊心を砕《くだ》くことなく、他の方法で気持ちを変えさせることもできたはずなのに。

久我が不完全なように、自分もまた不完全な人間なのだ。だから無理に完璧を目指すことはない。焦らなくても、一歩ずつ進んでいけばいい。

「ヤクザって頭が古いしボキャブラリーも貧困《ひんこん》やから、使い慣れてる言葉でしか、自分の気持ちを表現でけへんのと違うかな」

「そうかもしれないな」

「言葉はまあしゃあないとして、久我さんの意識は秋津さん次第で変わっていくと思うよ。ほら、よう言うやんか。亭主を生かすも殺すも女房次第って。久我さんを根気強くコントロールしていったらええやん。そのうち右向け言うたら、すんなり右向くようになるわ」

それまで黙って聞いていた伊久美が、秋津の隣で納得したように頷いた。

「やっぱり秋津さんは操縦士ですね」

「またそんなことを」

秋津は苦笑しながらも、まあいいかと思った。

操縦士でも猛獣使いでも極妻でも、なんでもいい。久我にとって必要な存在でいられれば、それだけで自分は十分幸せなのだ。

必死になるあまり、大事なことを見失いそうになっていた。

自分にとって、一番大事なことを――。

8

「久我の奴、遅いやないか」

室部が苛立ったように膝を叩いた。

「まだ五時になってへん。苛々せんと、ビールでも飲んどけ」

溝口が斜向《はすむ》かいに座る室部に、のんびりした声をかける。座卓の上には豪勢《ごうせい》な料理が並んでいた。溝口が、堅苦しく向き合うより、食事でもしながらざっくばらんに話し合えばいいと、気を利かしてくれたのだ。

溝口邸の広い客間にいるのは主《あるじ》の溝口、室部と館野、そして秋津の四人だけだった。秋津に同行した伊久美は別室に控えている。

結局、久我はマンションに帰ってこなかった。夜通し飲み歩いていたのか、他に所有しているマンションに泊まったのか、それとも女の部屋にでも行ったのか。気にはなったが、あえて電話はかけなかった。

久我は来る。必ず来て、館野と話し合ってくれる。そう信じているが、心の奥底には不安もあった。

この話し合いの場が持たれるきっかけをつくったのは秋津だ。自分のいない場所で勝手に話が進められ、久我はプライドを傷つけられたかもしれない。余計な真似をしたど怒っている可能性もある。面目を一番に重んじる男にとって、この場にやって来るのは、苦痛以外の何ものでもないはずだ。

祈るような気持ちで秋津が腕時計に目をやった時、縁側の障子がスッと開いた。

「遅なって申し訳ありません」

久我だった。きちんと背広を着て、髪もきれいに整えてある。秋津は安堵しながら、部屋に入ってくる久我を眺めた。

見慣れた姿なのに、秋津はなぜかドキリとした。これまで感じたことのない、男の色気を感じたのだ。

今日の久我はいつにも増して、落ち着き払った態度で堂々としていた。それなのに不思議なことに、尊大な印象が湧いてこない。

目が違うのだ。曇りのないまっすぐな眼差しには、迷いや雑念を吹っ切ったような清々《すがすが》しさが感じられる。

久我は軽く秋津に頷いて、隣に腰を下ろした。

「まずは乾杯《かんぱい》でもしようか。秀二と仁一郎が揃って顔出してくれて、ワシも嬉しいわ」

溝口がグラスを持ち上げた時、久我が口を開いた。

「その前に、言っておきたいことがあります」

あらたまった態度に、溝口が「なんや？」と怪訝そうな表情を浮かべる。

久我は座布団の上から降りると、正座して畳《たたみ》に両手をついた。

「室部の叔父貴と館野の兄貴。これまでの俺の非礼の数々、どうか水に流してやってはいただけませんでしょうか。この通りです」

深く頭を下げる久我の姿を、その場にいる全員が驚愕の目で見ていた。

「俺は今まで目上の者に対して、失礼な態度を取ってきました。自分の力を過信《かしん》して、正直、思い上がってました。心から反省してます。申し訳ありませんでした」

秋津は言葉もなく、深々と頭を落としている久我を見つめた。思いがけない姿を目の当たりにして、目頭が熱くなり、久我の大きな身体が涙でにじんでしまう。

わかってくれたのだ。このままではいけないと、気づいてくれた。

久我の勝ち気な性分を考えれば、反発していた相手に土下座して詫びを入れるのは、死ぬほど辛いことだろう。だが私情をこらえ、我を収めて、ちゃんと自分の意志で頭を下げてくれた。

「なんや、久我。急にしおらしなって気持ち悪いぞ。お前、なんかろくでもないこと、企《たくら》んでるんとちゃうんか？」

　室部が嫌みを言っても、久我は黙っている。

「久我。その謝罪は本気か」

　館野の問いかけに、久我は「はい」と頷いた。

「俺は若輩者《じゃくはいもの》ですから、まだまだ叔父貴や兄貴たちの力添えが必要です。これからはどんな苦言にも、素直に耳を傾《かたむ》けるつもりでいてます。ですから、どうか俺の心からの詫びを受けてやってください」

　しばらくして、今度は館野が頷いた。

「わかった。お前の本気は俺が受け取った。もう顔上げてええぞ」

　久我が姿勢を正すと、今度は館野が溝口に手をついた。

「オヤッサン。もしよかったら、この場で次期組長を指名していただけませんか？」

　館野の要望を聞いて、溝口は厳しい顔で「今か？」と呟いた。

「はい。オヤッサンは今年中には答えを出すつもりやとおっしゃってました。これはええ機会と違いますか。お気持ちはとうに決まってるはずです」

　溝口は瞬きもせず、館野の真剣な顔を凝視している。

「そうか。お前がそう言うてくれるんやったら、この場で発表しよう」

その場にいる全員の顔を見回し、溝口ははっきりと断言した。

「――ワシの跡目は仁一郎に継がせる」

「兄貴……っ」

室部が血相《けっそう》を変えて溝口ににじり寄った。

「それはあかんっ。久我はまだ三十三や。溝口組を任すには若すぎる。それやったら秀二のほうがええ。こいつのほうが、何倍もしっかりしてる」

「室部。ワシかて秀二のことは、立派な男やと認めてる。仁一郎より人間もできてる」

「それやったら、なんでやっ」

興奮を宥《なだ》めるように、溝口は室部の膝をポンと叩いた。

「仁一郎はいまだ途上の男や。欠点もようさんある。そやけどな、こいつほど若い者に慕われてる男はおらん。こいつには人を強烈に惹きつける、妙な魅力があるんや。組長になる人間は、子分から命捨てても守りたいと思われる男でないといかん。そういう男が組を引っ張っていかんと、溝口組はまとまっていかへんのや」

「そやかて……」

なおも言い募ろうとした室部に、館野が声をかけた。

「叔父貴。もうよろしいですわ。俺を推《お》してくれる叔父貴の気持ちには、心から感謝してます。そやけど、このままやったら組が割れる。俺は溝口組を壊したない。溝口組はオヤッサンが半生かけて、ここまで大きくした組織です。俺は俺なりのやり方で、この組を守っていきますから」

「秀二……」

館野は再び久我に目を向けた。

「それに今の久我やったら、大丈夫やと思います。……久我。これからは、俺の意見にも耳貸してくれるな?」

「はい。俺には館野さんの協力が必要です」

久我が丁寧に答えると、館野は嫌そうに顔をしかめた。

「どうでもええけど、そのとってつけたような丁寧語はやめとけ。気持ち悪いわ」

「そういうわけにはいきません。俺は心を入れ替えたんです」

久我は生真面目な顔で反論した。

「あかん。鳥肌立ってきた。オヤッサン、こいつに無理するなと言うたってください」

「仁一郎。今まで通りでええやろ。言葉で飾るより、秀二には本音でぶつかっていけ」

久我は不承不承《ふしょうぶしょう》といった顔つきで、「そしたら」と館野に向き直った。

「館野。これからもよろしく頼む。俺に力貸してくれ」

「それでええわ。……さあ、オヤッサン。乾杯しましょう。ほれ、叔父貴もグラス持って」

館野は最後に秋津に顔を向けた。

「秋津。お前もや」

「はい」

全員がグラスを持ち上げると、館野が乾杯の音頭を取った。

「溝口組の益々の発展と、久我の次期組長就任を祝って乾杯」

皆とグラスを合わせ、秋津はビールを飲み干した。少し気は抜けていたが、五臓六腑《ごぞうろっぷ》に染《し》み渡る最高にうまい酒だった。

「お、アキちゃん、ええ飲みっぷりやな」

溝口が満面の笑みでビールを注いでくれた。

「こうやって丸く収まったんも、みんなアキちゃんのおかげや」

「いいえ。俺は何も」

「いいや。この際やから、アキちゃんの頑張りも披露《ひろう》しとこ。そうせんと、こいつらがええ気になる。――秀二。自分の舎弟はしっかり教育しとけ」

「え？」

いきなり溝口に叱られ、館野が目を丸くする。

「笹沼の件や。下の者に慕われるんはええことやけど、暴走させたらいかん。もっと目を配っておくように」

「はい。本当に申し訳ありませんでした」

館野が頭を下げると、室部が怪訝な顔をした。

「兄貴。なんの話ですか？」

「ちょっと前に、館野のとこの笹沼が、素人を脅して仁一郎を襲わせた」

「ホンマですか？」

「ああ。ドス持って突っ込んできたそうや。アキちゃんはその素人を説得して口割らせて、糸引いてた笹沼に会いに行ったらしい。笹沼は館野のためにやったと白状したそうや」

久我が怖い顔で秋津をにらんできた。

「おい。なんで俺に黙っていたんだ？」

「それは——」

「アホっ。えらそうに文句言うな」

溝口が厳しく久我をたしなめた。

「全部話したら、お前は怒り狂って秀二のところに乗り込んで行ったやろ。そしたら溝口組がえらいことになる。そう思ってアキちゃんは、お前に内緒にしてたんや」

シュンとなった久我と館野を眺め、溝口は大儀《たいぎ》そうに溜め息を落とした。

「お前ら、まだまだ人間できてへんわ。ふたり合わせて、やっと一人前ってとこや。なあ、室部。そう思わんか?」

「まったくその通りですわ」

室部はやけくそのようにビールをがぶ飲みしていたので、すでに顔が赤くなっている。

「溝口組のこれからが心配や。兄貴、まだ引退せんほうがええんとちゃうか?」

「殺生《せっしょう》なこと言うな。この年で現役やなんて、ワシくらいのもんやで」

溝口は苦笑して、久我と館野を代わる代わる見つめた。

「ワシの時代はもう終わりや。これからはお前らが力合わせて、溝口組を引っ張っていってくれ。ええか。頼んだぞ」

ふたりは表情を引き締め、「はい」と力強く返事をした。

「今日はええ日やな。お前らとこんなうまい酒が飲めるやなんて、ワシはホンマに幸せや」

溝口は目を細めて満足そうに何度も頷いた。後継者がやっと決まり、溝口も肩の荷が下りたのだろう。

秋津には溝口のシワだらけの顔が、いつもより一段と老けて感じられた。

庭の砂利道を歩いていたら小石を踏んでしまい、危うくバランスを崩しそうになった。

「大丈夫ですか？」

隣にいた裕樹が咄嗟に腕を伸ばし、秋津の身体を支えてくる。

「すまない。少し飲みすぎたみたいだ」

本当は少しどころではなかった。溝口にグラスを置く暇もないほど酒を注がれたので、酔いが足にまできてしまっている。

適当に言い訳して中座してきたのは正解だった。揃いも揃ってウワバミの男たちだから、あの調子では日付が変わるまでお開きにならないだろう。

客間を出て、部屋住みの若い衆にタクシーを呼んでくれと声をかけたら、裕樹が「俺が送ります」と慌てて飛んできた。断ったのだが、裕樹は頑として聞き入れなかった。

「オヤッサン、機嫌よう飲んでたみたいですね。俺らのおった部屋にまで、笑い声が届いてきました」

「跡目問題にケリがついたのが、よほど嬉しかったみたいだな」

「長年の心配事でしたからね」

久我のベンツの後部座席に乗り込むと、秋津はシートに頭を預けて目を閉じた。

溝口の嬉しそうな笑顔が瞼《まぶた》の裏に浮かんでくる。溝口は「早いほうがええな」とさっそく襲名式の日取りに頭を悩ませていた。

室部はずっと不機嫌そうだったが、赤い顔で「お前の代で組が傾いたら、承知せんぞ」と久我に絡んでいたので、今後、表立った反対の動きは見せないだろうと思われた。

館野も最初のうちはここぞとばかりに、久我にこれまでの不満をぶつけたが、言うだけ言ったらすっきりしたのか、後は久我と酒を酌《く》み交わしながら普通に話をしていた。溝口が認めるだけあって、本当に人間のできた度量《どりょう》の大きな男だ。

何もかも予想外に上手く収まってくれた。溝口は秋津のおかげだと言ってくれたが、そうではない。自分は単にきっかけをつくったにすぎないのだ。

久我が頭を下げ、館野がその誠意を受け取った。ふたりの男の決断があってこその円満解決で、どちらかが少しでも意地を通していれば、事態はさらに悪化していただろう。

よかったと思う反面、ほんの少しだけすっきりしない気持ちが胸に引っかかっていた。それは組の問題ではなく、久我個人に対してのものだった。

久我も愛想よく酒を飲んでいたが、いつもとは明らかに態度が違っていた。よく言えば礼儀正しく、悪く言えばよそよそしい。室部や館野に遺恨があるという様子ではなかったので、単に自分を抑えていただけなのかもしれないが、常にざっくばらんとした態度で率直な感情を表情に出す男なだけに、どうしても違和感があった。落ち着き払った大人の顔を見せる久我が、どこか他人のように感じられてしまったのだ。

車は内環状線《うちかんじょうせん》から阪神高速の東大阪線に入った。秋津はオレンジ色のナトリウム灯を眺めながら、勝手なものだな、と自嘲《じちょう》の笑いを浮かべた。

もっと大人になれ。我を抑えろ。そう自分で叱っておきながら、いざ久我のやんちゃな部分が影をひそめてしまうと寂しさを覚えている。無鉄砲とも思える突き抜けたあの奔放《ほんぽう》さは、欠点であると同時に久我の大きな魅力でもあった。

けれど、寂しがっていてはいけないのだ。自分が心から望み、久我がそれに応《こた》えてくれた結果なのだから。

溝口は久我を途上の男だと言ったが、秋津もまさにその通りだと思っている。

久我は荒削りな未完の大器だ。これからまだまだ成長できる。もっともっとすごい男になれる。だから変化を惜しんではいけない。

人は変わっていく生き物なのだと、秋津は自分自身を振り返って実感している。

何もいらない。何も欲しくない。明日のことは考えないで今日だけを生きる。そんな気持ちで与えられたノルマをこなすように、ただ毎日を虚ろに生きていた自分が、今はこんなにも貪欲になっている。必死になって久我を支えようとしている。

けれど自分ひとりでは変われなかった。久我が自分を変えてくれたのだ。ひたむきな情熱を注ぎ、惜しみなく深い愛情を与えることで、久我は死んでいた秋津の心を蘇《よみがえ》らせた。

だからこの命は久我のものだ。久我のために使い切りたい。

許される限り、一秒でも長く。この心臓が鼓動を止める、その瞬間まで——。

秋津は気持ちを切り替え、裕樹に話しかけた。

「そういえば、久我は昨日どこに泊まったんだ？」

「ホテルです」

「女と一緒だったのか？」

違いますよ、と裕樹が苦笑する。

「考え事がしたい言うて、ひとりで帝国ホテルに泊まられたんです」

「そうか」

ひとりになって考えた結果が、今日のあの謝罪に繋がったのだろう。

「……秋津さん。仁さんには秋津さんだけですよ」

裕樹が思い余ったように口を開いた。

「今はひとりの女もいてません」

秋津は驚いてバックミラーに映る裕樹の顔を見た。

「ひとりも？　まさか全部と切れたっていうのか？」

「はい」

「俺と一緒に住み始めたからか？」

「いいえ。仁さんが女性関係を清算しはったんは、秋津さんが大阪を離れた頃です」

ではもう半年以上になる。久我の女好きは周知の事実だ。もともとストレートな男だから、秋津も多少の遊びには目をつぶる気でいた。たまに嫌みは言うが、本気で女と切れろと迫ったことはない。

久我は秋津の恋人としても、筋を通していたのだ。自慢してもいいことなのに、黙って秋津に貞実《ていじつ》を尽くしていた。

秋津は左手の指輪を見つめながら、心の中で呟いた。

馬鹿な男だ。そこまでしろだなんて、ひとことも言ってないのに。

「まあ、そうは言うても飲みに行った時は、ここぞとばかりに可愛い女の子はべらして、デレデレしてますけどね」

裕樹は笑いながら、実情を補足した。

9

裕樹は秋津をマンションまで送り届けると、また溝口の家に戻っていった。

汗を流してすっきりしたかったので、秋津は身体を洗った後、湯船に身体を沈めた。じっくり浸《つ》かってから出ようと思い目を閉じていたら、強い眠気が襲ってきた。

本格的に寝るつもりなどなかったのに、うっかり熟睡《じゅくすい》してしまい、目を覚ました時には一時間ほどが過ぎていた。

お湯はすっかり冷めてしまっていて、クシャミが出た。仕方なくもう一度温まろうと熱いお湯を足していると、いきなりドアが開いた。

「今、クシャミしてなかったか?」

ワイシャツ姿の久我が、怪訝な顔で尋ねてきた。いつの間に帰ってきたのだろう。まったく気がつかなかった。

「ああ。うっかり居眠りして、湯冷めしたようだ」

「風邪引くぞ」

ワイシャツのボタンを外し始めたので、久我も風呂に入るのだと思い「すぐ出るよ」と声をかけると、「温まってからにしろ」という言葉が返ってきた。

裸になって風呂の椅子に腰かけた久我が、豪快《ごうかい》な手つきでガシガシと頭を洗い始める。

「早かったんだな。今日はもう、溝口さんのところに泊まってくるのかと思ってたよ」

「お前が帰ったすぐ後に、オヤジの具合が悪くなってな」

「え？　大丈夫なのか？」

びっくりして浴槽の中で身を乗りだすと、頭を泡だらけにした久我は、「たいしたことねぇよ」と苦笑いした。

「ただの飲みすぎだ。最近、年のせいかオヤジも弱くなった」

「あれだけ飲めれば十分だと思うけど」

頭と身体を洗い終わった久我が、チラッと秋津を見た。

「俺もいいか」

「ん？　ああ、風呂か。どうぞ。俺はもう出るよ」

「馬鹿。一緒に入ってもいいかって聞いてんだ」

拗《す》ねたような目つきで秋津をにらんでくる。

「なんだよ。いいに決まってるだろう？　いちいち確認してくるな」

普段なら嫌だと言っても強引に入ってくるくせに、今夜はやけにしおらしい。

向き合って入ると足を窮屈《きゅうくつ》に折らなくてはいけないので、秋津を背中から抱くような姿勢で、久我は浴槽に身体を沈めた。

「ああ、やっぱ家の風呂が一番だな」

耳元で満足げな呟きが聞こえた。

「裕樹から聞いたが、昨日はホテルに泊まったんだって?」

「たまにはひとりになって、自分自身と向き合ってみるのもいいかと思ってな。男には孤独な時間も必要だ」

「何気取ってるんだ」

秋津は笑って久我の腕を指で弾いた。

「……秋津。いろいろすまなかったな。俺が至らねぇばっかりに、お前にまで心配をかけちまった」

真面目な口調で切りだされ、秋津は黙り込んだ。

「昨夜、ひと晩寝ずに考えた。正直言って悩んだ。物事丸く収めるために、いちいち頭を下げなきゃいけねぇなら、なんのための極道人生なんだ。そんな真似ができる男なら、ヤクザになんかなってねぇってな。けど、お前に言われたことや、今の俺がしなきゃいけねぇことについて、よくよく考えた。考えすぎて、段々とわけがわからなくなった」

久我は自嘲するように苦笑した。

「でもな。お前がどんな気持ちで俺に怒ったのか、そのことを考えたら、悩む必要なんてねぇってわかったんだ。お前は俺のことを一番に考えてくれている。誰よりも俺を大事に思ってくれている。そんなお前の言うことに、間違いがあるはずがねぇもんな。だったら、俺が間違ってるんだ。俺が考えを改めればいいんだ」

「久我……」

こらえきれず、涙があふれてきた。

久我は明るく話しているが、簡単な決心ではなかったはずだ。自分の力だけを信じてここまでのし上がってきた男が、自分のやり方を否定される。今までコツコツと築《きず》き上げてきたものを、根底から崩されたも同然だろう。

なのに久我は秋津を信じ、秋津の言葉だからと受け入れてくれた。自分の考えのほうを変えてくれたのだ。

久我が秋津の涙に気づき、濡れた目元を指で拭《ぬぐ》った。

「本当に悪かったな。お前を守るとか言いながら、俺はお前を苦しめた。すまん」

「謝らないでくれ。……俺のほうこそ悪かったと思ってる」

「何がだ？　お前が謝るようなことなんて、なんにもねぇだろう」

久我は秋津のうなじに鼻先を当ててきた。

「俺が勝手に動き回ったせいで、結果としてお前のプライドを傷つけることになった。俺も気負《きお》っていたんだ」

久我を守る。久我を支える。そのために自分は堅気の世界を捨てたのだ。ちゃんと行動で示して、久我にも早くわかってもらわなくては——。そんな気持ちが先行して、焦りすぎていた。

「いや。お前の気持ちを汲み取ってやれなかった俺が悪い。今回のことは全部俺の責任だ」

久我は腕を回し、秋津の身体をそっと抱き締めた。

「俺は心の底では、お前を自分の住む世界に染めたくないと思っていた。お前を大事に思うからこそ、ヤクザの世界に首まで浸かって欲しくない。どっかでそう考えていた」

久我の気持ちは当然のものだ。秋津が久我の立場でも、きっと同じように思っただろう。

「お前がどんな覚悟で俺と一緒に生きる決心をしたのか、わかってるつもりでいた。けど、本当はまったく理解していなかったんだ。お前が怒るのも無理はねぇ」

「久我……」

久我は秋津の左手を持ち上げると、指輪の上にそっと唇を押し当てた。

「俺はお前を見くびっていたのかもしれねぇな。覚悟が足りなかったのは俺のほうだ」

秋津は久我の手を握り締めた。

「もうやめよう。俺もお前も、相手を大切にしたいと思ったから気持ちがすれ違っただけで、どっちも間違っていたわけじゃない」

秋津は身体を返し、久我と向き合った。

「今日のお前、すごく格好よかったぞ。凛々《りり》しくて堂々としていて、思わずドキッとした。俺の恋人は最高の男なんだって、すごく誇らしい気分になった」

「あんまり俺を喜ばすな。舞い上がって踊りだすぞ」

久我は笑いながら秋津の頬を撫でた。秋津は身体を倒し、久我の胸に自分を預けた。

「お世辞じゃない。本当だ」

秋津は甘えるように、久我の首に腕を回した。

「守られるだけの人間にはなりたくないと言ったけど、あれは撤回するよ。守られる立場になってしまうと、お前と対等でいられなくなると思っていた。だけどそんなのは、くだらない思い込みでしかなかったんだ」

今の久我ならわかってくれる。秋津の思いを理解してくれるはずだ。

久我の頬に唇を滑らせ、秋津は囁いた。

「ずっと俺を守ってくれ。お前に守られていると思うだけで、俺はもっと強くなれる」

久我は秋津にそっとキスすると、「ああ」と強く頷いた。

「何があっても俺が守ってやる。俺もお前のために、もっとでかい男になってやる」

気持ちが自然と通じ合う。これまでのわだかまりが、サラサラと解けて流れていくのがわかる。

秋津は両手で久我の頬を包み込んだ。

「きっとこれからだって、何度もぶつかり合う。些細《ささい》なことで喧嘩もするだろうし、馬鹿な誤解もするだろう。でもそれは、俺たちにとって必要なことだと思う。本音でぶつかっていける相手でないと、一生を共にすることなんてできないだろう？」

久我が嬉しそうに微笑んだ。

「いいこと言うじゃねぇか。伊達《だて》に年は食ってないよな」

「……年は関係ない」

秋津はムッとして反論した。

「ある。年上の女房は、金の草鞋《わらじ》を履いてでも探せって言葉もあるだろう」

ニヤニヤしている久我に、秋津は軽く頭突きを食らわせた。

「でっ」

「俺はお前の女房じゃないんだから、そういう喩えは口にするな。……あ。それと思い出

した。舎弟たちに、俺のことを姐さんだと思えって言ったそうだな」

久我は額《ひたい》をさすりながら、叱られた悪ガキのように唇を尖らせた。

「いいじゃねぇかよ。そのほうがあいつらの理解も早いんだ。夜は俺のイロで、昼間は秘書で、とかごちゃごちゃ説明してられるか」

「夜のほうまで話す必要はないだろう」

「ある。きちんとわからせておかないと、お前にちょっかい出す不届き者が現れるかもしれねぇからな」

「ない。一生待っても、そんな輩《やから》は現れない」

「なんで言い切れるんだよ」

「お前なぁ……。俺はもう三十七だぞ？　十代の美少年ならともかく、こんなおっさんに惚れてくれる物好きは、お前くらいのもんだよ」

呆れていると、久我は「わかってねぇな」とえらそうに首を振った。

「世の中には若くてピチピチしたのより、しっとり熟したお色気たっぷりの年増がいいって男も、結構いるんだぞ？」

秋津はピシャッと水面を叩いた。狙い通り、久我の顔めがけてお湯が飛ぶ。

「ぶっ」

「女扱いするなって言ってるのが、まだわからないのか」

「うるせぇ。空から槍《やり》が降ってこようが、お天道《てんとう》さまが西から上がろうが、お前はいつだって俺の女だろう。いちいち絡むな」

「俺はお前の女だけど女じゃない」

「は？　なんだ、そりゃ」

秋津が浴槽から出ると、後ろで久我が「ああ、そうか」と脳天気な声を上げた。

「つまり、お前は俺だけの女ってことだな」

この読解力のなさは救いがたい。秋津は面倒くさくなって、「そうそう。そういうことだ」と気のない答えを返し、ひとりさっさと浴室を出た。


寝室のベッドで寝そべって本を読んでいると、腰にタオルを巻いた久我が入ってきた。布団をめくって秋津が全裸なのを確認すると、久我は楽しそうに目尻を下げた。

「お。今夜はお誘いモードか？　やる気満々だな」

「頑張った誰かさんには、ご褒美をあげなきゃな」

さっそく秋津にのしかかってきて、湯上がりの火照《ほて》った身体をまさぐってくる。

久我の丁寧な愛撫を受けながら、秋津は「なあ」と囁いた。

「お前、女を全部整理したんだって？」

久我は動きを止め、眉をひそめた。

「裕樹から聞いたのか？」

「ああ。お前には俺しかいないって、教えてくれた」

秋津は身体を起こし、久我の唇を甘く噛んだ。

「教えてくれればよかったのに。言えば俺が図に乗るとでも思ったのか？」

「そんなんじゃねぇよ。なんか恥ずかしくてな」

女遊びをやめたことが、どうして恥ずかしいのだろうか。秋津にはよくわからない。

「そういうものなのか？」

「そういうもんだ」

久我はもうその話は終わりだというふうに上体を屈め、秋津の股間に頭を落とした。

久我の熱い口腔《こうこう》の中で、秋津の雄はすぐ張りつめた。硬くなったペニスを存分にしゃぶられ、とめどなく甘い声を漏らす。執拗《しつよう》な愛撫に我慢できなくなり、秋津は用意していたローションを自分で開けた。

粘液質《ねんえきしつ》の液体を手に取り、背後に塗りつける。久我に前を舐められながら、秋津は濡れた指を深く挿入した。

「なんだ、もう欲しいのか。挿れてやろうか？」

「……まだいい。我慢したほうが、気持ちよくなる」

指で慣らしながら、久我の激しいフェラチオに身悶える。次第に興奮が高まり、秋津も久我に触れたくなってきた。

「交代だ。俺にもさせてくれ」

久我をベッドに押し倒し、今度は秋津が股間に顔を埋めた。久我のペニスはすでに勃起している。硬く張り詰めたそれを、秋津は丹念に舐め続けた。

「こっちに尻向けろ。弄ってやる」

久我の声に素直に従い、シックスナインの体勢で互いを高め合った。秋津は久我のものを口で味わい、久我は指で秋津の後孔を刺激する。

「あ、ん、久我……っ、そこ……」

二本の指で中を強く擦られ、秋津は仰け反った。

「ああ、知ってるさ。お前の身体のことなら、なんだってわかってる。この辺が一番くるんだろう？　どうだ？」

一番感じる場所をグチュグチュと抉《えぐ》られ、秋津は短い声を上げながら腰を蠢《うごめ》かせた。

「俺の指を咥《くわ》えながら、ピクピク痙攣《けいれん》してるぞ。そんなに気持ちいいのか?」

「いい……。たまらない」

「だったら、もう俺のを咥えろよ。こんないやらしい眺めでお前の中を弄ってると、うっかり出しちまいそうだ」

秋津は口で達かせることを諦め、身体を起こした。久我の上に覆《おお》い被《かぶ》さり、自分から舌を絡めて激しいキスをする。

「今夜は俺が抱いてやろうか?」

キスの合間に囁くと、久我の眉間にシワが刻まれた。

「……まだ心の準備ができてねぇ」

本気になっているようなので、秋津は笑って冗談だと告げた。久我はホッとしたように、秋津の尻をいやらしく揉んできた。

「ここで達くのって、そんなに気持ちいいのか?」

「知りたいのなら体験してみろ」

「今はまだいい。将来の楽しみに取っておくよ」

秋津は耳朶《じだ》を甘噛みして吐息を吹きかけた。

「ドライオーガズムって知ってるか」

「ああ。お前がいつも味わってるやつだ。前立腺を刺激されて達くんだろう?」

秋津は身体を起こし、久我のペニスにローションを塗りつけた。

「ちょっと違う。正確には、射精しないで絶頂感を得ることだ」

久我に腰に跨り、ペニスの先端を潤んだ窪みにあてがう。

「何が違うんだ。同じことじゃねぇか」

息をつき、ゆっくりと腰を沈めた。久我のたくましい雄が中に入ってくる。

「……同じじゃ、ない。前立腺を刺激しない、ドライオーガズムもある……んっ」

最奥まで呑み込み、秋津は甘い吐息を漏らした。

自分の中に久我がいる。久我の熱が内部から秋津を熱くとろけさせていく。

「へえ。そいつは知らなかったな。どういう方法で達くんだ?」

欲情にかすれた声で、久我が説明を求めてきた。

「ペニスを刺激しても射精はしないで、絶頂感だけを味わうんだ」

秋津はゆっくり腰を動かし始めた。結合した部分から、濡れた音が響いてくる。

「それはただの寸止めだろう?」

「そうじゃない。達きそうになった瞬間に射精を止めて、射精感だけを得るんだ」

久我が疑わしそうな目で、秋津を見上げてくる。

「そんなことができるのか？」

「できるさ。現に俺はお前とのセックスで、何度も体験してるんだから……」

秋津は上体を起こし、なるべく下半身から力を抜いて、リラックスした状態で自分のペニスに指を伸ばした。竿を擦ると射精感が募るので、亀頭や裏筋を焦らすように、優しく刺激する。

「……射精とオーガズムは別物なんだ。出さなくても、達くことはできる。……ん」

「じゃあ、達ってみせろ。俺が見ててやるから」

久我が秋津の胸を撫でさすり、優しい声でそそのかしてくる。

秋津はうっすら微笑んだ。波間に浮かんでいるように軽く腰を揺すりながら、先走りに濡れたペニスを愛撫する。久我は秋津の奔放な姿を、熱っぽい目で見つめている。

「達きそうになったら、ペニスのつけ根の筋肉を締めて、射精をこらえる……。何度も繰り返していると、身体が震えて……、あ、すごい快感が……、は、あ……っ」

秋津はやって来た絶頂の波に身を任せた。大波が去るとまたペニスを刺激して、次の波を誘う。普通は射精した後、回復のための時間が必要になるが、この方法なら何度でも快感を呼び込めるのだ。

「……あ、達く、何度でも達く……、久我……っ」

達し続ける秋津の姿を見上げながら、久我は「くそっ」と言った。

「そんな色っぽい顔すんな。いいところなのに、押し倒して突っ込みたくなるだろうが」

「馬鹿……。お前と一緒に達くほうが、何倍も、いいに決まってるだろう……」

久我は猛然《もうぜん》と起きあがると、秋津を自分の身体の下に組み敷いた。

秋津が誘うように足を開くと、腰を突き入れてきた。浅く素速く抽挿しながら、ペニスのカリで感じる場所を擦ってくる。

「いい、すごく上手だ……」

久我の熱いもので内部を満たされていると、安堵にも似た吐息が絶え間なく漏れてしまう。

ただ気持ちいいからではなく、久我とひとつになっていると、とてつもない充足感が湧いてくるのだ。

「もっと奥まで来てくれ」

膝の裏を抱え、深い結合をねだる。久我は大きなストロークで、秋津の潤んだ内部を果敢に責め立ててきた。

久我が時々ローションを注ぎ足すので、ヌチャヌチャという淫猥《いんわい》な音が止まらない。

「いやらしい音だな。俺のペニスはそんなにうまいか？」

「すごく、美味《おい》しい……。いくらでも、味わっていたい……」

今度は前立腺を刺激されて起きるドライオーガズムに見舞われ、身体が小刻みに震えてしまう。秋津のペニスからは、こらえきれない白濁がじわじわとにじみ出ている。

先端の割れ目からあふれ出た精液が、糸を引いてヘソの窪みに落ちた。久我がそれを指ですくい、秋津の乳首に塗りつけてくる。

自分の精液で乳首をヌルヌルと撫でられ、秋津は首を打ち振った。

「ん、嫌だ……っ。ああ……ぅ、は……」

淫《みだ》らに感じている秋津を追いつめるように、勃起した乳首に久我が爪を立ててきた。

「あ……っ」

「乳首だけで達けそうだな」

久我の呟きに、秋津は息を乱しながら告白した。

「も……達ってる、さっきから、達きっぱなしだ……、あ、久我……っ、もう、頭がどうにかなりそうだ……」

「いやらしい身体だ。いくらでも俺を喜ばせやがる」

秋津を貫きながら、久我は両手で胸の尖りをこね回した。快楽の波濤《はとう》にもみくちゃにされながら、秋津は切れ切れの嬌声《きようせい》を上げ続けた。

「こんな貪欲な身体は、俺にしか満足させられねぇ。なあ、そうだろ?」

「……そうだ、お前だけ……、他の男じゃ、満たされない……」

「だったら、俺にだけ抱かれて生きろ。俺だけ求めてろ」

傲慢な言葉なのに、久我の声にはひどく優しい響きがあった。

久我に抱かれるのは自分の務めではない。ただ抱かれたいから抱かれる。愛されたいから求める。それだけだった。

昼間の自分と夜の自分が別人ではないように、男として支えたいという気持ちと、恋人として愛したいという気持ちも、結局はまったく同じものなのだ。

もっと自然体で久我を受け入れたい。無理せず分かち合っていきたい。

「秋津。俺でいいのか?」

久我が不意に動きを止めて囁いた。

「……え?」

「お前は本当に俺でよかったのか?」

秋津の前髪をかき上げ、久我が切なげな目で尋ねてくる。

「俺はお前に相応しい男か?　お前の人生を丸ごと預かってもいい男なのか?」

久我の瞳には、いまだかつて見たことのない不安の影が垣間見えた。今回の一件は常に自信を漲《みなぎ》らせていた男の心に、見えない傷痕を残したのかもしれない。

他の誰でもない。秋津が傷つけたのだ。ならば傷ついて自信をなくした男を、優しく慰《なぐさ》めるのもまた秋津の役目だった。

何度でも傷を癒《いや》してみせる。何度でも励まして力を与えてみせる。久我はきっと何度でも立ち直って、何度でも起きあがってくれるはずだから。

「俺はお前がいい。お前でなければ駄目なんだ」

久我の頬を両手で包み、秋津は淡く微笑んだ。

「お前を信じてる。誰よりも信じている。だから、お前に自分の人生を預けて悔《く》いはなかったと思わせる、最高の生き方を貫いてくれ。……この先、もしも俺がお前のために命を落とすようなことがあったとしても、お前は決して立ち止まらず、自分の道をまっすぐに突き進んでいって欲しい。それが俺の願いだ」

「……わかった」

久我は顔を歪めて頷くと、秋津を強く抱き締めた。

「久我。ひとつだけ約束してくれ」

「ああ。なんだ」

秋津は久我の背中を抱いて、ずっと胸の奥に秘めていた想いを口にした。

「——お前が逝《い》く時は、俺も一緒に連れて行って欲しい」

「秋津……」

久我の顔に羽生の面影《おもかげ》がよぎる。

残される苦しみは、二度と味わいたくない。

ひとり置いていかれるあの悲しみは、もう二度と——。

「安心しろ。俺は決して、お前をひとりになんかしねぇ」

秋津の心の内をすべて知っている久我が、力強く断言した。

「生きるも死ぬも、お前と一緒だ」

その言葉に深い安堵を覚えた。もう自分は二度と取り残されない。

秋津の両手をシーツに縫《ぬ》い止め、久我はゆっくりと律動を再開した。

押し開かれ、突き上げられ、久我にすべてを奪われていく。同じ速度で呼吸をして、同じリズムで揺れ続ける。

ふたつの肉体と心が、溶け合ってひとつになる。セックスは融合《ゆうごう》を導くひとつの手段でしかないのだ。その行為だけで満足できるものではない。

求め合う心があるから、繋がり合うことに喜びを感じられる。

「仁、もう……っ」

激しく揺さぶられながら、愛しさの限りを込めて、その名を呼ぶ。

「は……仁……、ああ……、仁――」

秋津は力一杯に久我の手を握り締めた。同じだけの強さで、久我も握り返してくる。

「秋津……、んぅ……っ」

腰を一段と深く打ちつけ、久我が欲望を放った。

久我の切羽詰《せっぱつ》まった声を聞きながら、秋津もまた自らを解放した。

10

「アキちゃん。そこのリンゴ剝《む》いてんか」

ベッドの上で身体を起こした溝口が、冷蔵庫の上に乗った果物の盛《も》り籠《かご》を指さす。

「あ、そっちゃのうて、右の大きめのリンゴや。そうそう、それ」

秋津が小振りの果物ナイフで皮を剝き始めると、溝口は感心したように手元を見ていた。

「ほお。上手いもんやなぁ」

「若い頃から自炊《じすい》をしていたので、包丁の扱いくらいならなんとか」

「そしたら、アレできるか。ウサギ。皮で耳つくるやつ」

「……オヤジ。いいかげんにしろよ」

ソファに腰を下ろしていた久我が、不機嫌な表情で割り込んできた。

「何がウサギだ。いい年こいて。秋津も年寄りの我が儘は適当に聞き流しておけ」

「いいじゃないか。ウサギくらい」

ベッド脇の椅子に座った秋津は、包丁を器用に動かしながら答えた。

「アキちゃんは優しいのう。どっかの誰かさんとは大違いや。人の顔見たら小姑《こじゅうと》みたいにネチネチ文句言いよってからに、治る病気も治らんわ」

溝口に嫌みを言われ、久我はむっつり黙り込んだ。

最近、気がついたのだが、溝口と久我は性格がよく似ている。どっちも大きな子供のような部分があるのだ。血は繋がっていないのに、本物の親子みたいだ。

「煙草吸ってくる」

そう言い捨てて、久我は病室から出て行った。

「ホンマに短気な男や。あいつそのうち禿《は》げるで。アキちゃん、育毛剤ようさん買っとき」

「わかりました」

秋津は笑いながら剝き終わったリンゴを紙皿に載せ、楊枝《ようじ》を刺して溝口に手渡した。

溝口はさっそくひとつを口の中に放り込み、シャリシャリとかみ砕いて満足そうに目を細めた。

「ああ、美味しいわ。アキちゃん、おおきにな」

元気そうな姿を見ていると、大事に至らなくて本当によかったと思う。

溝口が倒れたのは、久我と館野が和解した翌日のことだった。飲みすぎて具合の悪くなった溝口は、自室で休んでいたのだが、朝になって胸の痛みを訴えたため、救急車で病院に搬送された。病名は急性心筋梗塞症《きゅうせいしんきんこうそくしょう》。俗に言う心筋梗塞だ。

幸い一命は取り留め、こうやって一般病棟の個室に移ることもできた。今は庭を散歩するなどして徐々に運動量を増やし、心臓のリハビリに努《つと》めているところだった。

病院には久我と一緒に毎日のように顔を出していた。日に日に元気になっていく溝口の姿に、久我も内心では安堵しているようだが、顔を合わせるとつい文句を言ってしまうので、溝口には煙《けむ》たがられていた。

「アキちゃん。仁一郎の襲名式やけどな、来月の二十日にしようかと思ってる」

「それはまた、急な話ですね」

その頃には溝口も退院しているだろうが、準備などを考えると、相当大変なのではないだろうか。

「お身体のこともありますし、もう少し先でもいいんじゃないですか？」

「いや。ワシはちょっとでも早く済ませたいんや。ワシが元気なうちに、仁一郎に跡目継がせてやりたい」

今回のことで不安になったのかもしれない。

襲名式の日取りをこんなに早く決めたのは、自分の目の黒いうちにきちんと相続の儀式を済ませ、何かあった時には手を貸してやりたいという親心からに違いない。久我はまだ若い。しばらくは前組長の後ろ盾が必要だ。

「仁一郎もしばらくは忙しなって大変やと思うけど、いろいろ手助けしてやってくれ」

「はい。もちろんです」

溝口は見舞客が持ってきた色とりどりの花に目をやり、「きれいやなぁ」と呟いた。

「ワシの女房、花が好きでなぁ。暇さえあったら、花生けとったわ」

「おきれいな方だったそうですね。久我が言ってました」

溝口はニッと笑い、「そうやねん」と臆面《おくめん》もなく答えた。

「なかなかの別嬪《べっぴん》さんでな。あんなええ女は滅多におらんわ」

亡き細君を自慢する老人の姿は微笑ましいものだ。最初は秋津もうんうんと頷きながら話を聞いていた。しかし段々と雲行きが怪しくなってきた。

「別嬪やけど、これがまた気性の荒いおなごでな。ワシが若い娘と浮気した時なんか、ドス持って浮気現場に乗り込んできたんやで。あれはホンマに怖かった」

「はあ……」

「部屋住みの若いもんの面倒もよう見よったけど、ちょっとでも間違ったことしようもんなら、ものすごいお仕置きが待ってるねん。そやから若いもんは、ワシよりあいつのほうを怖がってた。……そうや、思い出した」

溝口は世にも恐ろしいという顔つきで、声をひそめた。

「昔、女に悪さして警察のご厄介になった若い衆がおってな。それがまた未成年の女の子やったもんで、あいつは怒り狂った。どえらい剣幕《けんまく》で、警察から帰ってきた若い衆に裁《た》ちバサミ突きつけて、『チンコ詰めらんかっ』って迫ったんや」

「……」

「その若い衆、おいおい泣いて必死で謝ってたわ。指やったらまだしも、さすがにチンコ切り落とすんわなぁ……」

恐ろしくて、結末までは聞けなかった。

「そやけど、情の深いええ女やったわ。ワシみたいな根っからの極道と結婚して、その上、若いもんの面倒も見て、アホほど苦労したやろうに、愚痴ひとつこぼさんかった」

秋津は溝口の言葉を黙って聞いていた。長年連れ添った相手に先立たれる悲しみは、何年たとうが消えるものではないのだろう。

「アキちゃん。落花流水《らっかりゅうすい》って言葉知ってるか？」

いきなりそんなことを聞かれ、秋津は戸惑った。

「確か、相思相愛《そうしそうあい》という意味のある言葉だったと記憶してますが」

「そうや。落花には流水に従って流れたい気持ちがあって、流水には落花を浮かべて流れたい気持ちがある。男と女が互いに慕い合うことの喩えやな。落花に情があれば、流水にもまた情がある。情が情を生んで、人と人は強く結びつくんやろな」

落花流水――。

秋津はその言葉を胸の中で繰り返した。

自ら落ちることを願う花の想い。

落ちた花を浮かべ、共に流れていこうとする水の想い。

ふたつの想いが重なったまま、共に長い川を流れていく――。

「仁一郎にとってあんたは、一緒に流れていきたい花なんやろうな」

溝口は優しい目で秋津を見ていた。

「相手が男でも女でも、そういう相手を見つけられる人生は幸せやな」

初めて会った時も、溝口は秋津の存在を認めてくれた。だがあれは上辺だけのことだとわかっていた。

けれど今は違う。溝口はもっと深い意味で自分を認めてくれているのだ。

秋津が久我の隣にいることを、笑って許してくれている。

「久我のこと、よろしく頼むな」

「はい」

その時、ドアをノックする音が聞こえた。

「失礼します」

廊下で待機していた溝口組の組員が、神妙な顔で病室に入ってきた。

「オヤッサン。清和会の矢澤会長がお見えです。どうされますか?」

「なんやて。矢澤会長が?」

秋津は驚きのあまり、持っていた果物ナイフを取り落とした。

「……すみません」

屈んでナイフを拾い上げる。

「すぐお通ししてくれ」

「はい」

秋津はナイフを片づけると、椅子から立ち上がった。

「俺は外に出ています」

「……アキちゃん。仁一郎を呼んできてくれんか」

溝口の顔には、わずかな緊張が見られた。久我と矢澤を会わせる気でいるのだ。

「いいんですか? 久我は会いたくないかもしれません」

久我の動揺が心配で、ついそんなことを口走っていた。

「アキちゃん、知ってたんか?」

驚いたように聞かれ、秋津は頷いた。

「少し前に、久我から聞きました」

「そうか。あいつが自分から話したんか……」

溝口はいったん口をつぐんだが、気持ちを決めたように顔を上げた。

「ワシは、これはええ機会やと思う。仁一郎は溝口組組長になったら、矢澤会長から盃受けるんや。ホンマの親と新しい親子関係を結ぶことになる。仁一郎も過去のことは全部忘れて、頑張っていくしかないやろう?」

「そうですね」

久我はいずれ矢澤と対峙する。早いか遅いかの違いなら、先に私的な場所で顔を合わせておいたほうがいいのかもしれない。

「久我を連れてきます」

秋津は個室のドアを開けて廊下に出た。

さっきの組員を先頭にして、黒っぽい一群がこちらに向かって歩いてくる。真ん中にいる背広を着た恰幅《かっぷく》のいい男が、ひときわ秋津の目を引いた。

肩で風を切って歩いているわけでもないのに、男には圧倒的な迫力があった。年齢は五十代半ばくらいで、背が高く背筋もピンと伸びている。頭には白いものが混じっているが、精悍《せいかん》な顔つきをしていて老いを感じさせなかった。

背後には、ダークスーツを着たボディガードらしき男がふたりついていた。どちらも見るからに屈強《くっきょう》そうだ。

すれ違い様、秋津は小さく頭を下げた。男と目があった。それだけのことで、背筋に軽い震えが走った。

これが清和会会長の矢澤周造か。やはり親子だけあって、久我とよく似ている。

「どうぞ、こちらです」

病室には矢澤だけが入っていった。

久我は一階の喫煙室で煙草を吸っていた。秋津が入っていくと、煙草を揉み消して立ち上がった。

「溝口さんがお前を呼んでいる。すぐ病室に行ってくれ」

「なんかあったのか?」

秋津の顔色の変化を敏感に察したようだ。

「……今、見舞いの客が来ているんだ。お前に合わせたいと思っているようだ」

「俺に? どっかの幹部なのか」

訝しそうに聞かれ、秋津は久我を人気《ひとけ》のない廊下に引っ張った。

「会長が来ている」

「会長?」

秋津は一呼吸置いて、ゆっくりと答えた。

「清和会の矢澤会長だ」

久我の目が揺らいだ。

「矢澤、会長が……?」

「ああ。溝口さんが、いずれ世話になる人だから、挨拶くらいしておいたほうがいいんじゃないかって。どうする?」

久我はしばらく考え込んでいたが、気持ちが決まったのかエレベーターに向かって歩き始めた。秋津は黙って後を追いかけた。

溝口の病室に着くまで、久我はひとことも口を利かなかった。

秋津は正直言って不安だった。久我は矢澤を憎んでいる。久我の母親は矢澤と一緒にいる時に、拳銃の発砲を受けて亡くなった。なのに矢澤は抗争中だったせいか、葬儀にも姿を見せなかったのだ。

『自分の女の葬儀にも現れない冷徹《れいてつ》さに、腑《はらわた》が煮えくり返りそうだった』

ひとりで母親を見送った久我は、どれだけ悔しかっただろうか。きっと悲しみより、憤りのほうが強かったはずだ。

自らも妾腹としての辛い経験はあったろうに、久我は自分のことは何も言わないで、ただ母親が憐れだったとだけ話していた。

母親を奪ったともいえる憎い相手を前にして、久我は自分の感情を抑えられるのだろうか。これから親子関係を結ばなくてはいけない相手を、もし怒りに任せて罵ったりすれば、これからの立身にも差し障りが出てくる。

「失礼します」

久我が病室のドアをノックした。秋津は外で待っているつもりだったのに、久我に腕を摑まれ、強引に連れ込まれてしまった。

溝口が明るい声で話しかけてきた。

「仁一郎。矢澤会長が来てくださった。せっかくやから、挨拶させてもらえ」

ベッド脇の椅子に腰かけていた矢澤が、久我のほうにゆっくりと身体を向けた。

「……仁一郎か。久しぶりやな。お前の噂話は、溝口さんからたまに聞いていた。元気そうで何よりや」

淡々とした声だった。瞳にも特別な優しさは見つけられない。矢澤が息子に対して愛情を持っているのかどうか、秋津にはまったくと言っていいほどわからなかった。

「――初めまして。溝口組若頭の久我仁一郎と申します」

「仁一郎……っ」

実の父親に初対面の挨拶をする久我に、溝口が顔色を変えた。けれど久我は大真面目だった。ふざけているのではない。

「お会いできて光栄です。以後、お見知り置きいただけますと幸いです」

矢澤は表情を変えない。頭を下げる久我を、感情の読めない瞳で眺めているだけだ。

「矢澤会長。申し訳ない」

「謝らんといてください。私は溝口さんには心から感謝しとるんです。……ほな、私はこれで。お身体、大事にしてください」

矢澤が立ち上がった。同じ目線でふたりの視線が絡み合う。矢澤は無表情に久我の脇をすり抜けた。

「仁一郎。下までお見送りしてこい」

溝口の言葉に久我は無言で頷いた。久我がお前も一緒に来いと、秋津に目で合図する。

矢澤はまたボディガードに囲まれながら、廊下を歩き始めた。エレベーターでロビーに下り、入り口を目指す。

外来診察が終わっている時間なのでそれほど人はいなかったが、異様な雰囲気を放つ一群に、周囲の患者や看護師は恐ろしげな目を向けていた。

病院の玄関前には黒塗りのベンツが三台停まっていた。矢澤が外に出てくると、五人ほどの男たちが素早く回りを取り囲んだ。

ボディガードのひとりが真ん中のベンツに近づき、後部座席のドアを開ける。

乗り込もうとした矢澤を、久我が呼び止めた。

「矢澤会長」

矢澤がドアの前で動きを止め、久我を振り返る。

「なんや?」

「俺はこのたび、溝口組三代目を襲名することになりました」

「ああ、さっき溝口さんから聞いた。えらい出世やな」

褒《ほ》めているのかからかっているのか、よくわからない言い方だった。

「ありがとうございます。正式に組長に就任したら、あらためて挨拶に伺わせていただきますよって、その時はどうぞよろしくお願いいたします」

矢澤相手に一歩も怯まず、久我は堂々とした態度で仁義を切った。

「そうか」

溝口の唇に初めて笑みが浮かんだ。だがそれは情愛を感じさせる、温かみのある笑顔で

はなかった。喩えるなら、敵の挑戦状を受け取った武将が、思わず不敵な笑みを漏らしたという表情に近かった。

秋津はぞくりとした。矢澤は実の息子の久我を、ひとりの極道としか見ていない。しかしそれは久我も同じだった。目の前にいるのは血を分けた父親でもなく、母親を苦しめた憎むべき男でもない。

今、久我が向き合っているのは、清和会会長の矢澤周造なのだ。久我が追い越そうとしている、ひとりの極道。目指すべき場所に今座っている男。

ふたりが極道と極道として、初めて顔を合わせた瞬間だった。

「お前と親子盃を交わせる日を楽しみにしてる」

矢澤が車に乗り込むと、黒ずくめの男たちも慌ただしくそれぞれの車に飛び乗った。走り去っていく車を見送りながら、久我が低い声で呟いた。

「秋津。俺は必ずあの男を越えてみせる」

秋津は久我の気概あふれる横顔を見つめ、「ああ」と頷いた。

「お前なら、きっとやれる」

秋津の言葉を聞くと、久我は表情をゆるませた。

「――そうだ。すっかり忘れていた」

久我が思い出したように、背広の内ポケットに手を突っ込んだ。引き出した手を秋津の前で開く。

手のひらには指輪があった。秋津の左手にはまっているのと同じものだ。

「自分で店に行く暇がなかったから、さっき裕樹に取りに行かせたんだ」

秋津は指輪を手にとって顔の前に近づけた。裏側には『Y to J』の文字が刻まれている。

「ん？　あの文字がないぞ」

秋津の指輪にあった、『FOREVER LOVE』の刻印がない。

「お前の気持ちは俺に心にしっかりと刻まれた。だから余計な言葉は必要ねぇ」

久我が自分の右手を差し出してきた。

「お前がはめてくれるか？」

「今ここで？」

あたりに人気がないが、さすがに外では気恥ずかしかった。

「気にするな。誰も見てねぇ」

「……わかったよ。でも、なんで右手なんだ？」

「いいから。ほら」

早くしろというふうに指を突き出され、秋津は久我の薬指に指輪をはめた。久我は満足そうに自分の手を眺めてから、今度は秋津に左手を挙げてみろと言いだした。

わけがわからないまま、秋津は宣誓《せんせい》するように手のひらを久我に向けた。久我も同じように右手を挙げてくる。

秋津の左手と久我の右手が、軽く合わさる。久我が「どうだ?」というような目で秋津を見ていた。秋津はそういうことかと納得した。

向き合って手を重ねた時、指輪も同じ位置で重なるのだ。

これから先、手を繋ぐたび、指を絡めるたび、ふたりは互いの指輪を自然な形で目にすることになる。いかにも久我らしい思いつきだった。

久我は手を下ろすと、あらたまった態度で言った。

「最後まで俺についてきてくれるか?」

ついていく。何があっても離れはしない。久我の隣をどこまでも歩き続けていく。

秋津は微笑んで、久我を見上げた。

「当たり前だ。そのために、こうやって隣にいるんだから」

「ほら、急げ。もうすぐ伊久美さんと裕樹が上がってくるぞ」

ソファでのんびり煙草を吸っている久我に、秋津は眉尻《まゆじり》をつり上げた。

「そんな急かすな。煙草くらいゆっくり吸わせろよな」

フンと鼻息を飛ばし、久我がふんぞり返った。

「あ！　お前、まだ足袋《たび》を履いてないじゃないかっ」

羽織袴《はおりばかま》の正装姿なのに、袴の下は素足だった。

「暑苦しいから、オヤジの家に着いてから履くよ」

「駄目だっ。そんな格好悪い真似は俺が許さん」

秋津は白足袋を取ってきて、久我の足元にしゃがみ込んだ。

「今日は大事な襲名式だぞ。お前はこれから一家を背負っていくんだ。その出発の日に半端な格好で出かけてみろ。最後まで半端な組長で終わってしまうぞ」

久我の足に足袋を履かせながら、秋津はくどくどと説教を繰り返した。

「お前はいつも適当だから心配だよ。画竜点睛《がりょうてんせい》を欠《か》くって言葉があるだろう？　最後まで気を抜かないで、しっかりやりきらないと、全部駄目になってしまうぞ。手順は覚えているか？　みんなの前で披露する口上は、ちゃんと暗記したか？」

「したよ。大丈夫だから、心配すんなって」

「心配なものは心配なんだよ」

「そんなに俺が心配なら、お前も来ればいいのによ」

久我はムスッとしながら煙草を揉み消した。秋津が襲名式に来ないことを、まだ不満に思っているのだ。

「そういうわけにはいかないだろう。俺は組員じゃないんだから」

溝口には一緒に来ればいいと誘われたが、秋津はあえて辞退した。襲名式は盃を受けていない自分のような人間が、気軽に参加していい儀式ではない。

組員全員が見守る中、新しい組長が誕生するのだ。一家の長として全員の親として、これから久我は、すべての組員に責任を持つことになる。

一世一代の晴れ舞台だが、秋津には必要ない。

久我が矢澤と対峙した時こそが、秋津にとっての襲名式だった。久我の立派な姿を、この目で見届けることができた。あの姿だけで、もう十分だった。

足袋のこはぜをすべて受け糸に差し込み、秋津は「よし」と久我の膝を叩いた。

「できた。もういいぞ」

その時、インターフォンの音が鳴った。伊久美たちが来たようだ。

「おはようございます」

リビングに入ってきたふたりは、久我と同じように羽織袴に身を包んでいた。いつもより男振りが上がって見える。

「裕樹、よく似合ってるぞ」

「そ、そうですか？　こんなん着るんは初めてで、なんか緊張します」

照れたように裕樹が頭を掻いた。

「伊久美さん。久我のこと、よろしくお願いします」

「はい。最後まで、しっかりつき添わせていただきます」

目つきは相変わらず悪いが、伊久美も心なしか嬉しそうな顔をしていた。

「よし。そろそろ行くか」

久我がソファから立ち上がった。秋津は上から下まで視線を流し、おかしな部分がないか入念にチェックした。

「あ」

秋津が何かを思い出したように声を出したので、久我が嫌そうに顔をしかめた。

「おいおい。まだなんかあんのかよ？」

ちょっと待ってろと言い残し、秋津は寝室に飛び込んだ。目的のものを見つけると、すぐ戻ってきた。

「ほら。羽織袴の時には扇《おうぎ》がいるだろう」

「おう、そうだったな」

白地の祝儀扇を手渡してやると、久我は袴の帯に扇子を差し込んだ。

「よし。いいぞ。もう忘れ物はない。行ってこい」

秋津が満足そうに頷くと、久我はニヤッと笑い、頬を軽く叩いてきた。

「どうだ。格好いいだろう？　俺に惚れ直したか。んん？」

「したした。したから、さっさと行け。伊久美さん、裕樹。遅れるといけないから、早く久我を連れていってくれ」

「お前、したしたって、そういう適当な言い方は――」

「行きましょう、仁さん」

「遅刻したら、また館野さんに嫌み言われますよ」

伊久美と裕樹に背中を押され、久我は渋々玄関に向かった。秋津も後ろをついていく。白鼻緒《しろはなお》の雪駄《せった》を履き、久我が三和土《たたき》で振り返った。

「じゃあな、秋津。行ってくるぞ」

「ああ。いってらっしゃい」

ドアを開けて三人は出ていった。秋津はやれやれと溜め息をつき、鍵をかけた。

今日、久我は正式に溝口組三代目組長になるのだ。組織は改編されるので、当然この後で盃直しも行われる。

溝口義一は今日を限りに現役から退き、組の後見人となる。若頭補佐だった館野秀二は久我の舎弟に直り、次の舎弟頭に就任することが決まっているが、久我は組織の新体制が落ち着くまでは、若頭も兼任してもらう意向のようだった。


秋津は窓辺に立って、秋の柔らかな日射しに目を細めた。久我の新しい門出に相応しい、気持ちのいい朝だった。

今日がまた出発の日なのだ。久我と共に一歩を刻んだ日。

この一歩から、新しい道が伸びていく。

久我と共にある限り、秋津の道はどこまでも続いていくのだ。

あとがき

このたびは『夜に咲き誇《ほこ》る』をお手にとっていただきまして、ありがとうございます。『夜』シリーズ第三弾です。念願の極妻（笑）秋津《あきつ》が書けました。感無量《かんむりょう》です。

久我《くが》は相変わらず恥ずかしい男でした。指輪の裏にフォーエバー・ラブ……。以前の秋津だったら鳥肌を立てて、窓から力一杯に指輪を投げ捨てているところですが、久我に感化されてしまったのか、真顔で受け取っていました。三十路バカップルに幸あれ。

最初に同人誌でこのお話を書いたのは、一九九九年の今頃でした。今からもう八年前ですね。小説を書くことに慣れていなくて手探り状態でしたが、自分の頭にある物語を文字で表現してみたい、そう思い立って勢いだけで『夜が蘇《よみがえ》る』の原型を書き上げました。

この八年の間で、久我と秋津もかなり変わったように思います。久我は当初、もっと大人で落ち着いていて、渋い雰囲気の強面極道でしたが、秋津にやり込められているうち、妙に愛嬌のある、やんちゃ坊主のような憎めないヤクザに。そして生きることに疲れた、危うい色気を持つよろめき未亡人の秋津は、口うるさい世話焼き女房に……（笑）。

良くも悪くも、時間の流れと共にふたりは変化していきました。つかず離れずの状態で、ずっとこの『夜』シリーズとつき合ってきましたが、小説を書く時、いつも「変化」というものを大切にしているので、変わっていくふたりの姿を書けて幸せでした。

出会って惹かれ合い、愛し合い、だけど時に傷つけ合うこともあって、逃げた方が楽だと思いながらも、共にあることを選んで生きていく。ひとりきりでは変われない心が、誰かと出会うことで変化していく。その変化こそが、私にとって一番魅力のあるテーマなのかもしれません。

今回、ようやく秋津は、久我のもとで新しい人生をスタートさせました。羽生《はぶ》を失って心に空洞を抱えていた秋津が、久我と出会ったことによって、生きることに希望を見出し、生まれ変わっていく姿を、三冊かけてどうにか書けた気がします。

私の未熟な腕ではその変化を上手く描ききれず、舌足らずな内容になってしまったかもしれません。読者さまに伝えきれなかった部分もあるかと思います。ですが私自身、秋津と一緒に悩み、最善を模索し続け、どうにか辿り着けたのが今回のラストシーンでした。秋津のように主体的に幸せを求めない男にとって、心から自分を必要としている人間のそばで生きることこそが、一番の喜びなのかもしれません。自分のために生きられない男は、誰かのために生きていくことで幸せになれる。書いていてそう思いました。

私にとって秋津というキャラは、行く末が気にかかる古い友人のような存在でした。基本的に完結した作品のキャラのその後は、あまり気にならない質《たち》なのですが、秋津だけは常に未完の物語の中にいて、私の中で終わったことにできない存在だったのです。

ですがこの作品で、秋津は自分の居場所をしっかりと確保できたので、もう心配はいらないように感じました。夜だけではなく、人生そのものを久我と分かち合うことで、孤独の中から抜け出せた。本作を書きながら久我の大きな愛情を再確認して、もう秋津は大丈夫だな、と思えたというか。久我も秋津と出会ったことで、男として成長したようです。

ちょうどいい区切りですので、『夜』シリーズはひとまずこの作品で最後とさせていただきます。久我と秋津、どちらも同じだけの覚悟を持てたことで、ふたりの関係性はもう何があっても、揺らぐことはないと思います。

とはいっても久我と秋津の物語は続いていきます。いつか機会があれば、彼らのその後を追いかけてみたいです。その頃は四十路《よそじ》カップルになっているかもしれませんね（笑）。

今回もイラストを担当してくださいました、山田《やまだ》ユギ先生。三冊に渡って大変お世話になりました。山田先生の描かれる久我と秋津、本当に素敵でした。ラフをいただくたび、BL作家になってよかった……と感激致しました。今回もかっこいい表紙に舞い上がってしまいました。数々の素晴らしいイラストは宝物です。本当にありがとうございました。

そして担当さま。いつも的確なアドバイスをありがとうございます。私以上に久我と秋津の性格や性分を把握してくださっているので、毎回ご指摘いただく部分は「確かに！」と目から鱗《うろこ》の思いでした。ご迷惑をおかけしっぱなしで、いつも申し訳なく思っていますが、それ以上に感謝の気持ちでいっぱいです。久我と秋津を目一杯に書く機会を与えてくださいまして、ありがとうございました。

最後になりましたが、読者の皆さま。一年に一冊のローペースではありましたが、こうやって三冊目まで書くことができたのも、皆さまのおかげです。数々のご声援をありがとうございました。この作品が大好きだと言ってくださる方のお声には、いつも励まされてきました。久我と秋津のこと、どうか忘れないでやってくださいね。
また新しい作品で皆さまとお会いできますことを、心から願っています。

二〇〇七年春　英田《あいだ》サキ

Platinum Label

夜《よる》に咲《さ》き誇《ほこ》る

プラチナ文庫をお買いあげいただき、ありがとうございます。
この作品を読んでのご意見・ご感想をお待ちしております。

★ファンレターの宛先★

〒112-0004　東京都文京区後楽 1-4-14
プランタン出版　プラチナ文庫編集部気付
英田サキ先生係 / 山田ユギ先生係

各作品のご感想をWebサイト「Pla-net」にて募集しております。
メールはこちら→platinum-review@printemps.co.jp
プランタン出版Webサイト http://www.printemps.co.jp

著者——**英田サキ**（あいだ さき）
挿絵——**山田ユギ**（やまだ ゆぎ）
発行——**プランタン出版**
発売——**フランス書院**
〒112-0004　東京都文京区後楽 1-4-14
電話（代表）03-3818-2681
　　（編集）03-3818-3118
振替　00180-1-66771
印刷——誠宏印刷
製本——小泉製本

ISBN978-4-8296-2364-0 C0193

プラチナ文庫
Platinum Label

閣下は、恋に裏切られて
愛を知る――。

◆◆◆◆◆◆◆◆◆◆◆◆◆◆◆◆◆

彼は閣下に囚われる

橘かおる

イラスト／亜樹良のりかず

◆◆◆◆◆◆◆◆◆◆◆◆◆◆◆◆◆

秘密警察長官・ルスランに、公爵のユーリは革命家だと密告があった。ユーリはかつての親友で恋人。しかし彼の裏切りで心を閉ざしたルスランは冷徹に尋問を行い、鞭を振り上げ⁉

その純潔を貪慾《むさぼ》る獣は
煉獄で愛を贖う

◆◆◆◆◆◆◆◆◆◆◆◆◆◆◆◆◆

激愛・プリンス

～愛と裏切りの軍人～

あすま理彩

イラスト／かんべあきら

◆◆◆◆◆◆◆◆◆◆◆◆◆◆◆◆◆

ローゼンブルグの凛然たる冬薔薇、ラインハルト皇子は和平のため敵国へ。そこには、忘れられない真摯な男がいるはずだった。敵の王、ルドルフ。だが、ラインハルトは彼を暗殺する使命を帯びていた⁉

●好評発売中！●